Contigo Aunque No Deba.

Adicción a Primera Vista

La Colección Completa de Libros
de Novelas Románticas en
Español

(Libros 1-2)

Contigo Aunque No Deba.

Adicción a Primera Vista

Libro 1

Autora: Teresa Castillo Mendoza

Tabla de Contenidos

Mabel Collins siempre pensó que tenía una vida perfecta y un novio con el que se casaría y tendría una linda familia. Se suponía que todo estaba perfectamente planeado hasta que descubrió que la engañaba.

Destrozada huyó lejos de todos pero su automóvil se accidentó y tuvo que caminar sola por el camino. Fue una suerte que justo en ese momento Jasper Brown decidió darle un aventón.

Él era conocido como el "Alas de Ángel" en la parte más oscura de la ciudad. Con un pasado no muy bueno y una reputación nada deseable, menos conveniente para una chica como Mabel, acostumbrada como estaba a perfectos y buenos niños ricos. Pero ni su pasado, ni su reputación, ni la familia de ella evitarían que la enamorara.

PRÓLOGO

Y ahora lo veo.

Mis ojos no dejan de fijarse en ese punto de luz que brilla en medio de la oscuridad. A medida que me acerco soy testigo de que esa luz se vuelve incandescente e irradia un calor magnético que me invita a acercarme hacia ella.

Puedo hacerlo. No le temo a las mujeres y, sin embargo, ella parece una luz que se eleva a los cielos volviéndose tan inalcanzable como poder obtener los besos de un ángel.

Al parecer soy el único que me percato de su existencia. Nadie más le presta atención a la chica solitaria que se encuentra sentada en el capó. Sus delicados brazos acurrucan su cuerpo mientras tiene la mirada completamente pérdida.

No sé quién es, no tengo ni puta idea de su nombre y aún así no puedo dejar de observarla preso de mi obsesión hacia ella.

Si tan sólo me atreviera a hablarle. Si tan sólo en estos momentos no me paralizara el estúpido miedo de saludarle y preguntarle por qué está en este sitio y completamente sola. A simple vista se nota que ella no pertenece al mundo de la calle, del rugir de los motores y los olores a gasolina que provienen de nuestros autos baratos e inservibles.

Su cabello cae suavemente como una cascada negra y profunda que brilla con las luces producida por las llamas danzantes de los bailarines. Sus hermosas piernas se encuentran desnudas y cruzadas. Es tan preciosa y perfecta, tan distinta a todo lo demás que no puedo evitar sentirme carcomido por la desesperación de tenerla conmigo.

¿Cuál será su nombre?

Qué importa.

Escucho que me llaman. ¡Al diablo! No quiero escucharlos, sólo deseo seguir observándola por mas tiempo. Ella levanta la mirada. Por un momento nuestras miradas se encuentran y siento como mi cuerpo arde, quiero abrazarme con su fuego, me vuelvo adicto a ella sin tocarla ni escucharla, sólo con ver cómo se acera a mi dirección sonriendo mientras juega tímidamente con un mechón de cabello que guarda detrás de su oreja.

¿Es conmigo?

Obvio que no. A quién puedo engañar. Alguien como ella no está sola y para peor de los males sale con ese imbécil de rizos dorados.

- ¡Jasper! Es tu turno.

Me llaman. Sé que es hora de marcharme mientras

me sigo martirizando por lo que pude ser y no es.

MABEL

No sé por qué lo hago, pero ahí voy yo, sola, con los nervios perforando mis intestinos mientras me acerco de nuevo a ese lugar de mala muerte.

He escuchado hace mucho tiempo del Limbo. Ese lugar de mala muerte donde todos los chicos de la universidad van a perder su tiempo mientras ven cómo un montón de monos pelean entre sí. Y cuando estoy hablando de monos me refiero a esos chicos enormes con pinta de moteros que luchan cuerpo a cuerpo sólo por dinero.

Tomo mi teléfono una vez más.

Caleb no me contesta. Ha estado así por varias semanas. Desde que conoció a ese grupo de chicos de chaquetas negras de cuero muchas cosas han cambiado entre nosotros. Sobre todo cuando vio que no podía adapatarme muy bien al sitio como él quería.

¿Qué era lo que esperaba?

Me dice que me va a llevar a un lugar y me trae a este sitio plagado de gente lunática y ebria que no deja de gritar y encender motores de vehículos en lo que parece una constante batalla de poder territorial. Siempre estśn bebiendo o fumando y las chicas me observan con mal gesto, como queriendo decir que no pertenezco a ellos y puede que tengan razón. Yo no petenezco ahí y tampoco a ningún lugar, ni siquiera a mi hogar.

Desciendo por las zonas más oscuras. De pronto los callejones abundan y las luces resplandecientes de los carros me indican que he llegado al lugar correcto. El Limbo, una zona que fue abandonada por las personas y tomada por la mayoría de los estudiantes universitarios de la ciudad.

Estaciono mi auto a un lado. El frío penetra en mi interior, tiemblo. Sé que debí haber traído un suéter pero ya no hay marcha atrás. Esta noche sabré qué tanto secreto oculta. Necesito saber el motivo de ese mensaje, de las miradas cómplices de él con esos sujetos con los que estudia, de las citas incumplidas, de los atrasos a nuestros encuentros, de que ya ni siquiera ha intentado besarme como lo hacía antes.

El hecho de pensar en que Caleb y yo hemos cambiado se siente como fuertes latigazos que destajan la carne de mi cuerpo. El dolor de saber que puedo perderlo es tan grande que abre un agujero en mi pecho mientras lo busco en medio del mar de cervezas que vuelan por los aires y la música a todo volumen de los demás autos.

Camino hacia un auto rojo y viejo donde un par de

chicas caminan con tacones de agujas de forma sensual y empiezan a bailar mientras sienten el ritmo de la música. Ellas parecen desinhibidas. No les importan que le digan zorras, que las miren con celos, desprecio y deseo.

Quisiera que una vez Caleb me mirara así y no como la tonta niña inocente y asustadiza que lo ha seguido por más de la mitad de su vida refugiándose en su espalda. Siempre intento demostrarle que puedo hacer cosas, que también quiero que me mire como esos hombres miran a las mujeres que ahora toman un bate y empiezan a romper los vidrios del auto que se esparcen como una lluvia escachada por el suelo.

- Mira por dónde vas -me dice una chica con la cual tropiezo. Me disculpo, le da igual pero yo sigo mi camino a prisa. tengo que encontrarlo, saber el motivo por el cual no fue a mi casa y olvidara mi cumpleaños.

Miro el teléfono. Es media noche, sé que no debo estar aquí y mucho menos sola. Tengo de verdad miedo a que me puedan raptar y despellejarme viva. Mi impulso es correr, dar la vuelta e ir al auto pero ahora puedo reconocerlo. El Tony, ese chico grande y musculoso que grita y da órdenes a su grupo. Todos se reúnen y luego lo siguen hacia una zona terrosa donde el asfalto empieza a escasear hasta que solo es tierra amarilla y molida.

Las personas también se dirigen a ese lugar. Escucho como no paran de hablar sobre un ángel caído y su contrincante. Por algún motivo siento que debo ir, los sigo mientras intento mezclarme con su grupo pero sin mucho éxito pues un par de chicos intentan descubrir con su miradas mi presencia.

- Damas y caballeros -empieza a decir un chico desgarbado pero con una voz gruesa y potente mientras sostiene un micrófono de mala calidad-. Ha llegado el momento que todos esperaban; es hora de la verdad y del mejor encuentro del año. Hoy por primera vez se enfrentan dos contrincantes sumamente poderosos. En primer lugar, él viene del sur de la ciudad, el hombre practica artes marciales desde que tiene uso de razón y ahora a sus 22 años viene a disputar el título de invencible... Mike Paolini. todos gritan, corean su nombre mientras un muchacho fornido camina alrededor de un círculo hecho con palos improvisados que se clavan en el suelo y largos y fuertes cordones que los sostienen.

- Y ahora bien, cuanta la historia que verlo directamente a los ojos hará que te caiga una maldición. Cuenta la leyenda que ningún hombre o bestia podrá contra él porque está protegido con un halo de luz y oscuridad. Señoritas, por favor eviten el desmayarse porque aquí viene directamente caído del cielo, Jasper Alas de Ángel Brown.

Gritan las mujeres mientras aparece de forma dramática un hombre de capucha negra que le da la espalda al público y con gesto dramático deja caer la tela para revelar unas enormes alas de ángel que decoran toda su espalda de forma impresionante.

Todos gritaban los nombres de sus favoritos cuando ambos se meten en el círculo para poder pelearse. Mike de forma amenazante hace sonar sus articulaciones y observa a su enemigo con mucha cautela mientras éste le sonríe de forma burlona, como si lo que fuera a pasar sólo se tratase de un juego de niños.

Jasper tiene un brillo en sus ojos que advertía que todos los que lo rodeamos tenemos que ser precavidos y evitar que el Ángel ataque; pero ya era tarde.

Mike arroja un puñetazo al aire, su contrincante lo esquiva mientras mantiene la serenidad de forma perturbadora, sonríe, atrapa su puño y le tuerce el brazo mientras todos gritan eufóricos y sueltan grandes palabrotas presos de la ira. El aire huele a adrenalina, a emoción, a la sangre oscura de Mike que salpica como gotas de lluvias por todo el suelo y por los aires.

Trato de alejarme asustada, siento algo en mi pecho que me impide respirar y seguir viendo este acto violento, pero a la vez surge otra emoción diferente que evita que mis pies se marchen.

Sé que estoy loca pero de pronto siento que estoy de parte del Ángel caído aunque él ahora esté en aprietos y reciba un par de golpes en la cara, uno rompe la orilla de su ceja pero no parece importarle y sólo ataca y esquiva, ataca de nuevo dejando a su contrincante en el suelo. Luego empieza a pavonearse de forma engreída por todos lados, arroja besos, choca los puños y ni siquiera se le ha declarado como ganador.

Se acerca y se detiene justo frente a mí. Sus ojos atrapan los míos de una forma inexplicable, como si de pronto el tiempo se detuviera y pudiera ver a través de mi alma. Mi cuerpo se inmoviliza, de pronto el corazón se acelera y mis músculos se tensan. Me giro para poder irme. Esto no es buena idea pero aún así el mar de gente se vuelve una barrera impenetrable de la cual no puedo escapar. Quedo a merced de ese chico como si fuera un trozo de carnada fresca que estuviera a punto de devorar.

Mike lo golpea de forma baja, le da un ataque por la espalda. Todos abuchean, parecen furiosos y antes de ver el desenlace de la pelea siento como alguien toma mi mano bruscamente me arrastra lejos de ahí.

Reconozco el cabello claro y brillante en forma de rizos y los dedos cuadrados que ahora me hacen tanto daño y que no me dejan moverme o quejarme.

- John. ¿Qué te pasa? ¡Suéltame! -me sacudo con fuerza y cuando ve que de verdad me lastima me libera.

- Lo siento, Mabel. No quería hacerte daño, pero no puedes estar aquí sola; el Limbo es peligroso para una chica.

- Quiero saber dónde está Caleb; eso es todo. Quiero hablar con él. Últimamente ha estado muy raro conmigo, John ¿le sucede algo?. ¿Ya no me quiere? ¿Qué le pasa?

- Sólo estás exagerando -responde de forma mecánica al igual que Caleb hace unos días y eso me da indicios de que pasa algo-. No pasa nada. Son sólo cosas tuyas.

No podía confiar. Algo me dice que lo deje y corra a buscar a Caleb. Tengo que saber lo que le pasa de verdad. Finjo que me relajo, le regalo una sonrisa lo suficientemente convincente para que me suelte y baje la guardia.

- Te llevaré a tu auto -dice. Es ahí donde aprovecho y corro como si mi vida dependiera de ello y me mezclo entre el mar de gente.

Tomo rumbo hacia donde había visto a Caleb. Los autos se encuentran estacionados en una fila perfecta dando un aire mafioso al lugar, recorro cada uno de ellos, retrocedo, camino hacia los callejones perdiendo la cordura. Siento como el deseo de encontrar a Caleb taladra mi cabeza y no me importa la oscuridad, ni lo peligroso que es el callejón.

- Para -John me atrapa. Trato de luchar pero es inevitable que me acorrale contra la pared húmeda de ladrillos.

Es la primera vez que se me acerca tanto, nunca en los años que nos conocemos ha tenido tanto contacto conmigo.

-Déjame ir, John. ¿Qué es lo que me ocultas?.

Mi pecho sube y baja salvajemente rozando ligeramente el suyo. Me mira con mucha compasión, casi con lástima y no puedo evitar soltar un par de lágrimas presa de la impotencia.

- Por favor, Mabel. Sólo cálmate y ve a casa. No quiero que te lastimen.

- Sólo quiero hablar con Caleb, saber por qué me ignora todo el tiempo. Quiero saber que es lo que hice mal.

- Nada, nena. Tú no eres la del problema.

De pronto su contacto, el calor que su cuerpo emana

se envuelve con el mío y me abraza por primera vez. Es extraño pero se sentía bien. Sus manos acarician mi cabello. Le agradezco de verdad que me deje desahogar toda esta pena.

- Oigan, ¿será que pueden dejar su drama? -grita de pronto un hombre-. Aquí hay otros que deseamos coger sin tanto alboroto.

Reconozco esa voz.

Empujo a John quien se empeña en atraparme entre sus brazos y ahora puedo verlo claramente. Sus pantalones desabrochados, su camisa arrugada, con una capa brillante de sudor.

Es Caleb que se queda sin palabras cuando me reconoce.

De pronto reacciona.

- ¿Qué haces aquí? ¿Por qué estás con John? ¿Qué diablos les pasa?

Camina de prisa hacia nosotros. Ahora parece que es él ofendido, el engañado.

- ¡Caleb! -dice una hermosa chica saliendo de la oscuridad y teniendo el mismo look desarreglado. Ella camina lentamente como una gata en celo y lo rodea con sus brazos por la espalda para luego besarlo con dulzura.

-¿Qué pasa?

- Ahora no, Becca. Déjanos a solas.

- ¿Qué? -nos mira confundida por un par de segundos pero luego entiende la situación y se marcha ignorándome por completo.

- ¿Alguno de los dos me va a decir qué pasa? -pregunta acercándose a nosotros-. ¿Qué haces aquí, Mabel? Pensé que no te gustaba este sitio, pero ahora veo que me equivoqué. Sólo es que no te gustaba estar conmigo sino con John, mi mejor amigo.

- Cállate, Caleb. Deja esto como está -dice John tratando de alejarme de Caleb.

- No la toques -dice en un intento de iniciar la pelea y desviar todo este asunto.

- No, sólo cállate, Caleb. Tú no tienes derecho de estar molesto y sin embargo...dime ¿por qué? No lo entiendo. Me ignoras, te alejas sin darme una explicación y ahora actúas como una víctima.

- Cállate, Mabel. No te metas en esto ¿no te parece suficiente con todo lo que pasa? Esta son cosas de hombre.

- ¡Por dios! -suelto sorprendida. Ahora soy yo la que tengo ganas de iniciar la pelea, romperle la nariz por imbécil-. ¿Te estás escuchando? ¡Cosas de hombres! Esto es lo último que faltaba, Caleb Daugherty. Decir que acostarte con una... con esa chica sabiendo que tienes novia es cosa de hombres.

De verdad eres un imbécil y ¿sabes qué? Terminamos.

- Por favor. Sabes que no podemos hacer eso -dice riendo.

- Sí podemos. Ya lo hice. No te vuelvas a acercar.

- Cierra la boca -bruscamente me toma del brazo. Grito llena de dolor cuando se abalanza sobre mí. Pero en ese momento John se coloca en medio y lo golpea en la cara mientras huyo asustada y llena de rabia.

Me duele algo en mi interior por saber que una relación de años ha acabado de la peor de las formas.

Llego al auto. Busco las llaves en mis pantalones y me subo para poder marcharme cuanto antes. No deseo estar más en este lugar y menos seguir escuchando las estúpidas excusas de Caleb y recordar cómo la chica y él salieron casi semi desnudos con sus ropas arrugadas y el cabello alborotado.

Enciendo el auto. El motor suelta un lastimoso quejido y sólo hay un silencio que me destroza y hace que reviente en llanto porque no tengo idea de cómo salir de aquí y tampoco quiero regresar y decirles que me lleven a casa. Además no tengo ni un peso para un taxi y en mi casa no se pueden enterar que he salido tan tarde.

Trato de limpiarme las lágrimas. No quiero que alguien vea lo destrozada que estoy aunque ahora eso sea lo menos importante porque tengo que buscar algún medio para poder ir a casa sin que en ella se enteren que salí sin permiso.

JASPER

- ¿Qué te pasó? Lo tenias justo donde querías, lo estabas humillando pero te quedaste perdido. ¿Qué estabas mirando, Jasper? -pregunta Dan mientras me limpia la herida en la ceja.

- Creo que me quedará marca.

- Sí, pobrecito. De seguro que tu hermoso rostro se verá afectado. ¿Sabes qué? ¡no me importa! Ahora quiero que me digas que te pasó en el círculo.

- Nada, deja el cuento ¿sí? ¿Quién eres? ¿Mi madre?

Lanzo el pañuelo con la sangre.

A veces Dan puede ser un dolor de cabeza. ¿Quién se cree que es? Yo no tengo que rendirle cuentas a nadie y él lo sabe perfectamente, por eso odio que me reclame o me recrimine algo.

- Lo que pasó en la arena es problema mío -suelto mientras me coloco la cazadora negra y desgastada.

- Estás insoportable, Jasper -escupe completamente molesto y se larga.

¡Bien! Que lo haga. No me importa con tal que me deje solo para así poder ordenar mis propios pensamientos sobre lo que he visto.

Ella estaba ahí, frente a mí como un sueño y por

primera vez tengo toda su atención. Mabel Collins se ha percatado de mi existencia y por un momento de manera efímera se fijó en mí. Luego se marchó tan rápido que no me dio tiempo de reaccionar y en ese momento fui consciente que Mike me dio por la espalda.

Decaí pero me levanté y gané. Eso es lo que importa en este maldito momento.

Esta noche no celebraré victoria y todo porque Dan me ha amargado con su tonta actitud. Busco en los bolsillos de la chaqueta mis llaves y me dirijo cerca de los chicos malabaristas que cuidan mi moto mientras hacen sus actos de contorsionistas.

Los saludos, hablo con ellos un par de minutos y me marcho para poder descansar. Me siento un poco dolorido, el golpe de la espalda ha sido crítico y los músculos arden al menor movimiento. Pero aún así no me quejo. Sé que esto es las consecuencia de pelear por dinero y las acepto porque así puedo subsistir y seguir estudiando.

Me dirijo a la calle. Todo está oscuro y muy solitario, salvo por un suave quejido que viene un poco más adelante. Escucho una voz menuda que produce un sollozo muy ligero y lastimero que es arrojado al viento y luego cesa cuando escucha el sonido de mi moto.

La figura de una mujer se paraliza por mi cercanía. Bajo la velocidad y me acerco a ella. Puede que esté en problemas, lo presiento porque tiene su cabeza con vista al suelo y no deja de temblar.

- ¿Estás bien? -pregunto sin hacer ningún movimiento que pueda asustarla.

- Sí -dice con voz temblorosa.

- Pues, no pareces estar bien. ¿Qué haces aquí sola? Este sitio es peligroso.

- Mi auto dejó de funcionar.

- Pudiste haberle pedido a alguien que te llevase. ¿Estás sola?

- Mis amigos vienen por ayuda. Ellos dijeron que los esperara aquí.

Miente. Al menos sé que es algo lista para hacerlo. Yo tampoco me montaría en la motocicleta de ningún desconocido si estuviera en su lugar. Intento dejarla pero algo me dice que no puedo. La razón me grita que me detenga y baje para ver cómo está. Después de todo conozco la zona del Limbo y sé que estos tipos no son muy amables con nadie luego de unas cervezas.

- Si necesitas llamar a alguien yo puedo prestarte mi teléfono.

Se giró lentamente. Mis ojos brotan llenos de sorpresa. Siento como un golpe fuerte viene a mi pecho y me lastima, el dolor es desgarrador y placentero. Es porque frente a mí está Mabel Collins. La misma chica de mis sueños, la mujer con la que he estado obsesionado estos últimos meses y que ahora me mira fijamente por segunda vez esta noche.

- Estoy bien, gracias -dice tan amable como puede, pero sé que tiene miedo, puedo percibir su terror, el mismo con el cual me miraba cuando estaba peleando contra Mike.

A mis espaldas las luces iluminan las paredes del edificio abandonado y los restos de asfalto. Mabel protege sus ojos con el brazo cuando un automóvil se estaciona detrás de mí.

- Mabel, deja de actuar y sube al maldito auto -le ordena un imbécil mientras azota la puerta y se acerca hacia ella.

- Oye, cálmate -digo aunque sé que no es mi problema.

Sin entender por qué mi sangre hierve.

- No te metas, cretino. Y tú, ve al auto ¡ahora!

- ¡No! Jamás volveré a entrar a tu estúpido auto. Te dije que lo nuestro ha terminado Caleb. Así que déjame en paz de una vez por todas.

- No te hagas la dolida, Mabel. No quiero tener que discutir esto delante de extraños.

- Jasper no es un extraño.

Mis labios se transforman en una mágica sonrisa cuando pronuncia mi nombre. Arqueo mi ceja llevándome por la sorpresa.

¿Desde cuándo sabe mi nombre?

Bueno, eso no es lo importante sino el hecho de que su mano toma mi brazo y se acerca tanto a que siento la electricidad recorriendo mi cuerpo.

- Deja de mentir. Tú no conoces a este cretino.

- Y tú deja de insultarme o te partiré la cara -mi voz suena oscura y violenta.

Él traga fuerte, tiembla por la fuerza de mi amenaza y al verlo no puedo creer que sea el tipo por el cual ella está con los ojos enrojecidos y caminando en la parte más peligrosa de la ciudad.

Caleb no sólo se merece que le parta la cara. También tendría que ahogarse en su propia mierda por hacer que ella derrame lágrimas por él.

- ¿Me llevas a casa? -pregunta con seguridad mientras se me acerca.

- Eso es obvio. Súbete -le entrego mi casco.

Caleb intenta dar un paso pero cuando ve que estoy decidido a pelear se detiene como un marica y ve cómo ambos partimos lejos de su presencia.

Sus brazos rodean mi cintura. Siento el calor de su cuerpo, el rebote de sus pechos que se aprietan contra mi espalda. Como un completo degenerado celebro en silencio mi pequeño triunfo personal, porque por primera vez desde hace meses puedo hacer contacto con Mabel Collins y me doy cuenta que ella es mucho más hermosa sin maquillaje. Y también que a pesar de no usar sus vestidos tan ceñidos a sus cuerpo se ve malditamente caliente.

¿Cómo es que ese cretino no puede verlo?

Mabel es el tipo de chica que hace difícil que la mirada se desvíe hacia otra mujer por el simple hecho de que ella es perfecta de mil y una manera.

Con la vista en la carretera pero mi mente cubriendo todos los sentidos que se activan con el tacto de Mabel, atravieso la ciudad. No sé dónde vive y me detengo porque de verdad no quiero asustarla. Me aparco frente a un restaurante que abre las 24 horas. Está temblando. Soy un cretino porque no pensé en ello. Me quito mi chaqueta esperando a que no huela mal y la coloco sobre sus hombros mientras ella mira confundida el sitio.

- Sé que no es tu casa, pero la verdad no sé donde queda y ahora tengo hambre. ¿Te importaría acompañarme un rato? Prometo llevarte sana y salva a tu hogar.

- Está bien -dice mientras se abraza a sí misma y entra detrás de mí.

- ¡Campeón! -me saluda un viejo rechoncho y calvo cuando se percata de mi presencia-. Al fin decides iluminarnos con tu presencia.

- Deja la burla, Dylon. Estaba ocupado.

- Sí, y ya veo por qué. Buenas noches, señorita -dice sonriendo con sus dientes amarillos y deformes.

- Gracias -Mabel le devuelve luna sonrisa muy apagada.

Ambos buscamos un sitio cerca de los ventanales. Mabel parece absorta, sumergida en sus propios pensamiento y por primera vez no sé cómo llamar la atención de una mujer. Por lo común la besaría hasta que ella pudiera ceder a mis encantos, siempre funcionaba hasta con las más frías y distantes. Pero me doy cuenta que Mabel es diferente y no puedo desperdiciar esta oportunidad de acercarme a ella.

- ¿Te duele mucho? -pregunta señalando mi rostro.

Me giro y veo mi reflejo en la ventana. Ni siquiera me acordaba que tenía la herida que de seguro se convertirá en cicatriz.

- ¿Esto? No es nada. Estoy acostumbrado a ello.

De nuevo se hace un silencio entre ambos. Las cosas no van bien. Siento como la estoy perdiendo, me alejo de su campo de visión cuando ella decide enfocarse en los pocos autos que transitan por la calle o de las personas que caminan a prisa en medio de la oscura noche.

Afortunadamente Margaret llega con una bandeja con grandes trozos de pizza con peperoni y mucho queso derretido y algo de chocolate caliente y galleta. Cuando observa cómo arrugo mi rostro ella solo me sonríe burlonamente.

- No es para ti. Es para ella. Parece necesitarlo en estos momentos.

- Gracias, pero no se hubiera molestado, señora.

- No es una molestia, cariño. Créeme. Ten esto. El chocolate es perfecto para aliviar las penas en vez de estar con Jasper. Se nota que no tiene ni idea de cómo evitar que quites ese rostro.

- Suficiente, Margaret -digo entre dientes mientras trato de controlarme.

- Claro. Suficiente. Para eso sí es que sirvo. Para cerrar la boca cuando intento ayudarte con la chica.

Mis ojos suplican que se vaya, ella lo entiende y sin embargo decide quedarse ahí con el fin de avergonzarme delante de Mabel. Trato de buscar a Dylon, puede ser el único en ayudarme pero sólo se queda en la barra del local brindándome una mirada de disculpa, como diciendo: "Lo siento, ella es más fuerte que yo".

Es una fortuna que en ese momento lleguen un par de chicos que vienen también del Limbo y por su cara de hambrientos parecen que necesitan urgentemente la comida.

- Salvado por la campana -dice despidiéndose.

- Margaret está loca -me disculpo con Mabel y en vez de esperar rechazo o silencio veo una genuina sonrisa que hace que todo el dolor en su interior se esfume en el aire.

- Puedo ver que te quiere mucho.

- Bueno, sí... creo. Ella y Dylon han sido como padres para mí desde que tengo 13 años. Ellos me han dado casa y comida, incluso se ocuparon de mi educación.

- Eso es lindo. Tener a alguien que te apoye -de pronto su voz se vuelve un matiz oscuro. Sé que de nuevo he pisado la tecla indebida y no tengo ni idea de cómo regresar.

Mabel toma un sorbo del chocolate y cierra los ojos cuando siente el sabor en su boca. En este momento deseo sentir el sabor de sus labios humeantes. Tenerla cerca hace que mi imaginación se dispare de formas inimaginables. Soy un cretino que piensa en poder besarla y tocarla cuando ella está sufriendo por aquel imbécil.

- Gracias, Jasper por ayudarme y alejarme de Caleb -pronuncia por segunda vez mi nombre, lo que hace que todo este sueño se vuelva real.

- Ese cretino. Lo siento, Yo no... -suelto sin medir mis palabras.

- Lo dices bien. Es un cretino y hasta más. Pensé que me quería pero resultó ser una mentira ¿sabes? Y lo peor de todo es que yo lo sabia, no sé cómo pero desde hace mucho tiempo sé que lo nuestro es un maldita farsa creada por nuestros padres.

- ¿Sus padres?

- Sí. Ellos han sido amigos desde la infancia, incluso estudiaron en la misma universidad y su sueño siempre ha sido que Caleb y yo nos casemos. Y ahora que rompí con él no sé cómo se lo van a tomar, sobre todo el mío.

Puedo sentir que de nuevo vienen las lágrimas y de verdad que no deseo verla llorar. Mi primer instinto es acercarme y tomar su rostro con delicadeza. Mis dedos se deslizan con suavidad por lo aterciopelado de su piel.

- No llores. Ese cretino no vale la pena y menos lo que diga tu familia. Tú eres la dueña de tu vida.

- Es difícil. Yo simplemente no puedo evitar obedecer a papá y tengo miedo que se entere de que terminé con Caleb y me obligue a regresar con él luego que todo lo nuestro está tan avanzado.

- ¿Avanzado?

- Para mi cumpleaños, dentro de un par de semanas

sería el momento perfecto para que me pidiera matrimonio.

Mi mandíbula cae al suelo sin poder evitarlo. El rostro de ella se tiñe de rojo por culpa de mi expresión. La verdad, no sabía que su relación fuera tan seria y eso me deja perplejo.

- Sé que no es mi problema, pero... ¿de verdad te gusta tanto para casarte?

Mabel suelta un suspiro minúsculo y aprieta sus labios.

- No lo sé. Estoy confundida en este momento. Toda mi vida he estado con Caleb. Desde que era una niña me había acostumbrado a la idea de que ambos seríamos esposos y por un tiempo pensé que seria así, pero hoy me doy cuenta de que me aterraba la idea y siento un extraño alivio.

- Yo que tú no me sentiría mal por dejar a ese cretino.

- Es complicado. Sé que papá se opondrá, no le importará que me haya engañado con otra.

- Hay que ser imbécil para poder engañarte con otra mujer -dejo salir de nuevo. Mi cuerpo se tensa pero luego me relajo cuando veo que se lo toma como un chiste. Al menos mi estupidez sirve para que de nuevo sonría e incluso se sonroje-. ¿Quieres que te diga la verdad?

Mabel asiente mientras me pone total atención dejando su vaso de chocolate olvidado junto a las galletas que no se ha molestado en probar.

- Creo que fue una verdadera suerte que te hayas librado de ese imbécil. Y sobre tus padres ¿qué les importa? Es tu vida, tú decide cómo vivirla y cuando digo eso me refiero a que puedes hacer lo que quieras sin rendirle cuentas a nadie.

- Sabes. Hablar contigo me ha hecho pensar en muchas cosas.

- ¿Buenas o malas?

- Depende del punto de vista que lo veas. Lo que importa es que al menos ya abrí mis ojos.

Termino de comer y la llevo su casa. Vive en una de las zonas más acaudaladas de la ciudad. Las estructuras son enormes mansiones que ocupan manzanas enteras y la de ella parece ser la más grande pues queda al final de la calle.

Me detengo frente a una reja blanca hecha de curvas y arcos sólidos. A pesar de la oscuridad veo el camino serpenteante iluminando ese enorme monstruo donde vive. Mabel se baja con lentitud; puedo notar su nerviosismo y las dudas que tiene sobre si se podrá enfrentarse o no a sus padres.

- Todo estará bien -le digo. Tomo su pequeña mano, la estrecho contra la mía para brindarle calor.

- No sé si sea verdad Gracias, Jasper -mira un momento a la mansión y luego me sonríe pesadamente.

- ¿Por qué? ¿Por ayudarte? No tienes que agradecerlo -me muero por decirle que lo hago por ella, porque de verdad quiero que de nuevo me sonría como lo ha hecho tantas veces en los pasillos de la universidad cuando estaba con sus amigas o con ese imbécil.

Miro sus labios carnosos y rosas. Me muero por besarlos, por sentir su suavidad, me muero de ganas de adivinar lo que sería besar a Mabel Collins. La única razón que me impide hacerlo en este momento es que ella es realmente especial.

- Mabel, antes de que te vayas, ¿cómo es que sabes mi nombre? -pregunto con una minúscula esperanza de que al menos haya un poco de interés de su parte.

- Eso es fácil, después de todos eres Jasper Alas de Ángel Brown.

- Cierto -digo devolviéndole la sonrisa pero aún así sintiéndome completamente decepcionado.

MABEL

- Niña -la voz de Gertrudis me levanta.

Siento la aspereza en mis ojos cuando trato de abrirlos. Me duele la cabeza y los recuerdos hacen más dolorosa mi mañana.

- Tu padre quiere verte -dice en pequeños susurros.

- ¿Para qué? -me aferro a mi almohada, me faltan energías para enfrentarme a toda la responsabilidad que conlleva romper con Caleb.

- No tengo idea. Yusted, ¿cómoestá? ¿Salió todo como pensaba?

Suspiro. Dejo a un lado mi almohada y me incorporo para poder abrazarla. Gretrudis es realmente pequeña, su cabeza llega a mi pecho pero eso no impide que pueda abrazarla para recibir algo de cariño en esta mañana.

- Terminé con Caleb -confieso con voz temblorosa.

- ¿En serio, niña? -levanta su cabeza, sus ojos negros me miran cautelosamente. Hay un silencio incómo entre nosotras pero luego se esfuma cuando me sonríe-. Esa es la mejor noticia que he podido escuchar en mi vida.

- ¿No te enojarás?

- ¿Por romper con ese mimado? Jamás. Sólo le doy

gracias al cielo porque has recapacitado, después de todo mis oraciones han valido la pena, niña. Yo te conozco y sé muy bien que ese muchacho no es bueno para ti.

Mis ojos se humedecen por las dulzuras de sus palabras. No puedo evitar abrazar de nuevo a mi nana, sé que ella sí me comprende y me apoya en mi nueva decisión; pero no estoy tan segura con mis padres.

Desde que soy una niña me he acostumbrado a seguir sus órdenes sin chistar. Siempre me han sometido su voluntad y sus planes sobre mí. Por eso estoy segura que enloquecerán cuando se enteren.

Nerviosa bajo a desayunar. La mesa está perfectamente hecha, todo luce hermoso y en su lugar y mis padres se ignoran mutuamente mientras mantienen su vista fija en sus móviles celulares.

Es chocante saber que todos los ven como el matrimonio perfecto donde el mayor empresario del país y la famosa conductora de televisión hacen una dupla poderosa a nivel de sociedad. Ambos siempre luciendo felices y preciosos para el rostro de las cámaras. Nadie tiene idea que apenas si logran hablrse o decirse los buenos días. Cuando estoy con ellos me resultaba evidente que ambos se aburren del otro.

- Buenos días -les saludo a ambos, me acerco y les doy un beso en la mejilla a cada uno y tomo mi asiento en absoluto silencio mientras sigo pensando cómo les diré la noticia.

No puedo solamente decirles que he terminado con Caleb porque me engañaba con otra chica. Si les tengo que decir algo tiene que ser convincente y conciso para que así por lo menos me puedan comprender.

Miro a mi madre de reojo, desde el fondo quiero creer que como mujer me va apoyar en esta nueva dirección pero sé muy bien que me equivoco.

- ¿No vendrá Caleb a desayunar? -pregunta mi padre sin siquiera mirarme a los ojos.

- No. Yo… Ha sucedido algo -el temblor de mi voz es lo bastante intenso para que ambos me presten atención.

- ¿Qué ha pasado? -papá pregunta subiendo su tono de voz.

- Es que…

- Buenos días, señores Collins -interrumpe John para mi desgracia.

Le regalo una mirada ácida. Siento que voy a reventar de la impotencia. Aprieto mis puños y me muerdo la lengua para poder contenerme porque todo el valor se esfumó en este momento.

- ¿Qué te ha pasado, cariño? -le pregunta mi madre preocupada. Se levanta y se acerca para revisarle su hermoso rostro pálido y la gran mancha oscura que tiene alrededor del ojo.

- Me han robado, anoche. Pero estoy bien, el otro ha quedado peor -saca las manos de los bolsillos mientras se acerca a saludarme-. Hola, Mabel. ¿Cómo estás?

"Con ganas de ahorcarte".

En este momento no es mi persona favorita. Él también me había engañado e incluso cubrió a Caleb a pesar de que también es mi mi amigo desde que somos niños.

- Cada día la inseguridad cree. Por eso trato de que mi hija esté lo más cerca de mí. Aquí está protegida y no corre peligros -dice mi padre.

Mi rostro se tiñe de vergüenza. Si tan sólo supiera lo que he hecho anoche.

- Sí. Tenemos que ir con cuidado -responde Jonh sentándose a mi lado-. Mabel, necesito otra de tus asesorías para la clase de economía.

Quiero negarme, decirle que se vaya al infierno pero en estos momentos mis padres nos observan con cautela como si notaran que algo pasa.

- Sí. Debo irme -observo mi reloj. Es temprano pero no tengo auto y eso aumenta más mi estrés esta mañana porque no tengo ni la más remota idea de explicar cómo lo he dejado abandonado en un sitio del cual ni siquiera sé el nombre.

Jonh se me adelante, enrosca su brazo de forma galante con el mío y finjo sonreír con gracia para que ambos no se den cuenta de que estoy enojada.

- Tenemos que hablar, Mabel.

- No hay nada que hablar. Tú eres un traidor. ¿Cómo pudiste ocultarme algo como eso? ¿Desde cuándo Caleb lo hace, John?

- Oye, Mabel. Yo no... ¡cielos! No pienses que soy un traidor, yo sólo trataba de protegerte.

- No me gusta tu forma de protegerme, John. Y no me hables. Sigo molesta contigo.

- Entiende. Sabia que seria peor para ti si lo sabías, después de todo tú amas a Caleb ¿cierto?

¿Amar a Caleb?

Si me hubieran preguntado ayer diría que sí y, sin embargo, tendría esa sensación de un vacío que se agranda en mi pecho cuando pienso en todo los bellos momentos que hemos compartidos.

¿Qué era en realidad? ¿Simpatía, amistad, cariño? Estoy segura que no es amor.

- Te he traído tu auto, Mabel. Gertrudis me ayudó a buscarlo pero tendrás que llamar a un mecánico para que lo repare.

- No tenías que haberte molestado -busco con la mirada al chofer y él simplemente parece haber desaparecido del paraje en estos instantes.

- Deja que te lleve a la universidad, por favor.

- Bien -suelto sin tener más opciones.

Con los brazos cruzados y mirando hacia la ventana todo el trayecto hacia la universidad. Me concentro en las calles, en los edificios y luego en la entrada del campus y sus terrenos verdosos perfectamente cortados. Los chicos y chicas caminan de un lado a otro. Muchos parecen divertirse, otro solo se concentran en estudiar y yo bajo sin darle las gracias a John.

No sé si me sigue pero yo apresuro el paso y entro a mi primera clase. Al menos estoy tranquila porque contabilidad es una de las pocas materias que no coinciden en su horario y por ahora estaré tranquila y alejada de todo lo referente a Caleb.

Bajo por los escalones y veo que Cindy me tiene preparado mi asiento. A su lado su novio Kevin me saluda con una muy amable sonrisa pero Cindy no hace lo mismo. Puedo leer en sus ojos que se desea enterar por fin de lo que ha pasado la noche anterior.

Muerdo mi labio. De verdad estoy pensando si he de contarle la historia completa, con Jasper incluido y la pelea de John y Caleb. Aquellas cosas son un acontecimiento sorprendente que aún no puedo creer.

- Te llamé toda la noche, señorita ¿puedo saber que ha pasado?

- Estamos en clases -señalo al profesor que empieza a escribir fórmulas en la pizarra.

- No. Tiene que ser ahora, ¿o no Kevin?

- En realidad creo que tienes que hacerlo. Toda la mañana ha estado muy sensible con ese tema. Tuve que detenerla porque estaba a punto de ir a buscarte a tu casa.

Mi amiga le da un codazo a su novio y se gira quedando casi frente a mí tapando la vista de la clase casi por completo. Niego con la cabeza. No quiero hablar en estos momentos, con todas esas personas tan cerca de los tres, fingiendo que entienden algo que luego les dará problemas.

- Tenias razón. ¿Ahora puedes quitarte? Tapas mi vista y si no puedo tomar apuntes correctamente no te contaré nada.

Mi confesión y amenaza es lo suficiente por ahora para mantenerla tranquila. Yo conozco a Cindy y cuando una cosa se le mete en la cabeza es difícil hacer que desista de ella.

- Perversa -suelta de mal genio pero se queda tranquila por la siguiente hora hasta que por fin podemos salir a nuestro descanso antes de la segunda hora de la mañana.

Kevin se despide de ambas y se va con sus amigas. Ahora las dos estamos solas y nos dirigimos hacia unos banquillos de concretos que se encuentran cerca de una estatua con forma de árbol que tiene flores naturales a sus pies.

Siento la calma del viento. Puedo respirar el silencio y la paz, mi cuerpo se relaja pero es obvio que para Cindy es todo lo contrario.

- Desembucha, chic. No me dejaste ir contigo anoche, no sabes lo que me costó porder dormir. Por tu culpa tengo enormes ojeras.

- Deja el drama. Estás perfecta y, como te dije, tenías razón. Caleb es un bastardo.

- ¿Sí? Entonces te engañaba con otra. Y tú, ¿has tomado antidepresivos? -suelta arqueando su ceja.

- No. Sabes que no tomo esas cosas.

- ¿Entonces por qué no estás hecha un mar de lágrimas o por lo menos furiosa? Si estuviera en tu lugar por lo mínimo estirparía sus bolas y las daría de comer a los cerdos.

- Así eres tú, pero no yo. Además recibió su merecido. John lo golpeó, ambos empezaron a pelear...

- ¿Por ti? ¡Por dios!

- Sí y fue raro ¿sabes? John trató de impedir que los viera pero luego todo fue extraño cuando; me llevó a un callejón, incluso pensé que me besaría o algo por el estilo.

- ¡No! Un momento. No te entiendo. ¿John?

- Sí. Y lo más raro fue cuando me tropecé con Jasper y me llevó a casa.

- ¡Jasper! ¿Hablas de Alas de Ángel? ¿El chico de trasero sexy y grandes músculos? ¿El mejor peleador del círculo? ¿La lujuria hecha hombre?

- Bueno… Sí.

- ¿Sólo vas a decirme eso? ¿Tienes idea de lo que pasa? ¡Eres idiota! Ni siquiera te das cuenta de lo que pasa. Hiciste que dos esculturas de Adonis se pelearan por ti y luego dejaste que la versión más sexy del cielo en la tierra te llevara a casa y lo ves como si fuera algo simple. ¡Estás loca! Eres una gran idiota.

- Tengo cosas más importantes de qué preocuparme, Cindy. Mis padres no tienen ni idea de que terminé con Caleb.

Ella gruñe mientras se levanta y sube sus brazos hacia el cielo.

- Que lo superen de una vez. Ya estás grandecita, cariño. Ellos tienen que superarlo.

- Cuando lo dices hace que todo suene tan fácil -

suelto con sarcasmo.

- Lo es. Sólo déjalos ir, que no te importen lo que digan… Mierda, no voltees -me sujeta el brazo-. Te advierto que a unos tres metros viene hacia acá el mismo infierno en persona.

- ¿Caleb?

- No. Jasper ¿Por qué Caleb seria el infierno?

- No lo sé. Suena como algo malvado.

- Digo que viene el ardiente Jasper en 4… 3… 2… disimula.

- ¿Qué? -no dejo de reír por sus tonterías.

Pero ella tenía razón. El mismo Jasper Brown, el chico que me había llevado a casa y de paso sirvió como una especie de paño de lágrimas está frente a nosotras luciendo tal y como Cindy lo describía. "Malditamente ardiente". Con esa pequeña herida en su ceja izquierda.

- Hola, Mabel. ¿Quién es tu amiga? -desvía por un momento su atención para una Cindy sin palabras lo cual es algo extraño para ella.

- Hola, Jasper. Te presento a Cindy.

Él estira su mano para estrecharla y cuando lo hacen la de ella se queda extendida por unos cuantos segundos.

-Tienes novio -le susurro.

- Diablos. Lo siento -dice Cindy dice levantándose-.

Por cierto, gracias por cuidar a mi amiga.

- Para mí ha sido un verdadero placer.

- Eh… yo tengo… que irme a ver a Kevin… mi…

- Novio -le recuerdo burlona.

- Sí. Suerte, cariño -dice besando mi mejilla para alejarse lo más rápido que puede de nosotros.

- ¿Está bien? -pregunta él.

- Sí. Sólo la has puesto algo nerviosa. Al parecer eres como una estrella por aquí y ella es tu fan al igual que todas -digo cuando me doy cuenta de que ahora somos observados por chicas que brotaron como flores en los arbustos.

- Sí, a veces es tan malo ser irresistible -suelta en tono cansado.

- Oh, por dios, ¡puedo notar lo asqueado que estás!

- Es pesado tener que ser un objeto para estas chicas, un pedazo de carne que pueden usar a su conveniencia.

- Pobre chico -ruedo mis ojos y me paralizo cuando encuentro su mirada suspendida sobre mí lo que hace que me voltee hacia otro lado para que no se dé cuenta que estoy nerviosa.

- ¿Cómo estás?

- Bien. Creo. No lo sé en realidad.

- ¿Quieres hablar de eso?

- No, gracias.

Miro la hora en mi teléfono. Se me hace tarde para entrar a clases en este momento y esa era la perfecta excusa para poder alejarme de Jasper y toda esa aura que lo envuelve. Jasper tiene algo que realmente hace que se produzca una especie de ardor en el vientre.

- Tengo que ir a clases -le digo levantándome rápido.

- Matemáticas -suelta sin separarse.

- ¿Cómo lo sabes?

- Te he visto ahí un par de veces. Mi amigo Dan se sienta al final de la clase.

- ¿El chico rubio y alto?

- El mismo.

El salón queda a dos edificios de distancias en los cuales sentí su callada e imponente presencia. Pero primera vez que me doy cuenta del efecto hipnótico que Jasper tiene sobre todas las personas con las que se cruza. Muchos chicos caminan hacia él y lo felicitan por su victoria en el círculo. Y las mujeres nos detienen cada cinco minutos para poder saludarlo y besarle la mejilla de forma insinuante.

Sin poder hablar mucho por las interrupciones ambos nos detenemos en mi destino.

- Jasper, tengo que darte las gracias por todo. Siento no haberlo hecho anoche. De verdad estoy en deuda contigo.

- No deberías decir eso, Mabel. Puede que algún día pueda cobrarme esa deuda.

- ¿Por qué no? -tartamudeo como tonta.

- Puedo aprovecharme de eso para poder obligarte a salir conmigo.

- ¿Sair? ¿Mes estás obligando? Pensé que tú no obligabas a nadie.

- Sólo a las chicas difíciles.

- ¿Soy yo la difícil? ¿Cómo un reto?

- ¿Qué? ¡No! Yo…

- Acabas de romper toda el aura mágica, Jasper - digo burlándome.

- Diablos. No es lo que quería decir.

- Saldré contigo -suelto sin pensarlo. Mi boca reacciona antes de que mi cerebro lo impida.

- Entonces, ¿te recojo a las 8?

- Mejor nos encontramos.

- ¿Sabes dónde es la casa de Willy Paterson?

- No, pero sé que Cindy lo sabe.

- Pues bien, te veré ahí.

- Como digas.

JASPER

Me siento tan torpe con ella. Nunca antes había flaqueado delante de una chica pero… es ella, Mabel Collins y ahora que sé que ella sabe de mi existencia no aprovecho la oportunidad.

La pelota de Dan me golpea pecho. Su toque es lo suficiente como para poder entrar en la realidad. Miro el reloj de la pared. Apenas faltaban dos horas para poder verla y parezco ansioso mientras espero que los minutos pasen de forma tortuosa.

- ¿Has escuchado lo que te he dicho? -pregunta Dan con un gruñido.

- Sí, hablas sobre…

- Mírate. Ni si quieras puedes inventarte algo. ¿Qué te pasa? ¿Es por esa chica? Has estado completamente raro desde ayer.

- Sólo lo imaginas.

Me levanto del sofá gris y avanzo a la cocina. No hay que caminar mucho para llegar a la necera y tomar un vaso con agua. La espera me reseca la boca. No paro de imaginarme a Mabel a mi lado mientras vamos a la fiesta de Willy.

- Sé que la has espiado. ¿Acaso alguien se ha vuelto sensible por el amor?

- ¡Jódete! No me he vuelto sensible.

- ¿No? Entonces por qué siento tus ligeras ganas de golpearme.

- Eso es porque eres un idiota.

- No me lo puedes ocultar, Jasper. Te conozco casi como si te hubiese parido.

Los dos soltamos una gran risa por su comentario. El muy maldito tiene mucha razón. Dan me conoce tan bien que podría saber hasta lo que estoy pensando.

Es más que un amigo, mi hermano. Ambos nos conocimos en la calle. Él había huido de su familia y yo perdido a la mía. Fue entonces cuando Margaret y Dylon nos encontraron.

- Iré con ella esta noche a la fiesta de Willy, así que más te vale comportarte.

- ¿Miedo a que te avergüence?

- Algo por el estilo -respondo mientras le devuelvo la pelota-. Y deja de jugar con esto en el recibo o te cobro lo que rompas, mal nacido.

- Ya pareces una nenita.

La casa de Willy es enorme pero ordinaria comparada con la de Mabel y, sin embargo, es lo suficiente como para que tres facultades puedan tener una enorme fiesta que se escucha a cuadras de distancias.

Cuando llego todos nos saludan. El mismo Wily nos

recibe con un saludo de puño y un par de cervezas en mano como si estuviera esperando nuestra llegada.

- El Ángel ha venido por nosotros. Para esta noche tenemos como menú de primera a un par de chicas de intercambio. Ambas son de Francia y me han dicho que quieren conocerlos.

- Esta noche no -tomo un trago de la cerveza.

Me relajo un poco pero todavía está el sentimiento de angustia, de impaciencia por esperar a que ella llegue de una vez por todas y así tenerla durante toda la noche.

Dan se acerca con las dos francesas hermosas. Son unos verdaderos bombones.

- Me vas a hacer sentir mal por estar con este par de chicas mientras esperas a la otra. ¿Por qué mejor no esperas con nosotros?

- Estoy bien, amigo. No pasa nada -alzo mis ojos hacia la multitud.

Todos ellos obstaculizan la entrada e impiden que pueda ver cuando Mabel llegue. Los minutos pasan lentamente y se convierten exactamente en una hora infernal. No dejo de preguntarme si ella me habrá dejado plantado después de todo. La sensación de estar esperando a alguien que no vendrá es tan dolorosa como un gancho en el rostro cuando te descuidas. Duele como un maldito infierno y me estoy abrazando en el fuego.

Intento que las ganas de beber no me invadan y cuando siento que me van a vencer escucho una voz suave y melodiosa que acaricia mis oídos.

- Jasper -Mabel pronuncia mi nombre lentamente como si sus labios degustaran las palabras.

- Hola, Mabel.

Escaneo cada centímetro de su cuerpo. Toda ella es una bomba del tiempo que puede estallarme en la cara. Desde la corta minifalda negra hasta el gran escote de sus pechos con una camisa de tirantes atada en su esbelto cuello. Su cabello negro cae a un lado del hombro delicadamente y sus ojos que siempre lucen llenos de inocencia esta noche parecen insinuantes y misteriosos detrás de todo ese maquillaje oscuro acompañado por unos labios pintados de un rojo oscuro que provoca que mi imaginación se estremezca.

- ¿Qué? ¿Estoy mal? -pregunta inocente y un poco herida.

- En realidad no… -tartamudeo. No puedo dejar de hacerlo.

"Cálmate de una maldita vez". "Tú eres un hombre".

Es hora de que me ponga bien los pantalones y deje de comportarme como un niño.

- Eres linda -No puedo creer que es lo mejor que puedo decirle.

Sus ojos se abren como platos y veo que se sonroja por culpa de mi estupidez.

- Bueno, eres extremadamente caliente. Lo siento.

- Está bien, son cumplidos -suelta una sonrisita tonta que me paraliza.

Trato de enfocarme en su mirada y en cada palabra que me dice, pero sólo miro sus grandes pechos que se asoman en el escote de su blusa y hace que mi entrepierna se endurezca. Estar tan cerca de Mabel y no poder tocarla es como un sueño que se vuelve una odiosa y terrible pesadilla.

Me siento sucio mientras observo el suave movimiento de su boca a medida que me cuenta lo que sea que esté diciéndome en este instante. Mi cara de confusión le hace creer que no puedo escucharla, así que se acerca tanto que estamos a escasos centímetros de nuestros rostros. Puedo oler su perfume mezclado con el sudor y siento cada milímetro de su cuerpo cerca de mí.

- ¿Estás bien? Lo siento si te aburro, a veces no puedo dejar de hablar.

- No, para nada. No me aburres -le digo.

- ¿Sí? Entonces como te seguía diciendo: no me gusta afeitarme las axilas.

- ¿Qué? -pregunto boquiabierto.

- No me estás escuchado -dice con infantil tono acusador.

- ¿Quieres bailar? -no espero la respuesta y la llevo hacia a la pista de baile improvisada.

Las luces estroboscópicas tiñen su piel de un azul neón intenso y precioso a medida que empiezo a mover el cuerpo junto al de ella pero Mabel parece confundida incluso incómoda.

- ¿Qué pasa? No dejaré que nadie te toque.

- No es eso… Yo no sé bailar -confiesa sin mirarme a la cara como si fuera realmente una infamia o un delito y me hace reír.

Se enfada y empieza a marcharse pero le tomo la muñeca y la atraigo sin pensar en lo cerca que de nuevo estamos.

- Y yo que pensaba que eras perfecta.

- ¿De qué hablas?

La música a todo volumen no la deja que me escuche. Sonrió y la miro a los ojos, tomo su barbilla y la acerco para susurrarle al oído:

- No te preocupes por ello, sólo cierra los ojos.

Tomo sus manos y empiezo a moverme al ritmo de la música que poderosa. Mabel con sus párpados presionados gira su cuerpo lentamente mientras siente como fluye el ritmo en su piel hasta que se apodera de ella y se deja llevar.

Mabel es una chispa que me enciende rápido hasta el punto que tengo que alejarla de para que no note la tensión de mi verga.

Me resulta fascinante.

Necesito a Mabel, a su cuerpo de forma inesperada e ignorando mi raciocinio la rodeo por la cintura, estrechándola lo más que puedo. Me da igual si nota mi situación. Mi desespero es tan letal que entierro mi rostro en su cuello y aspiro su esencia y pruebo las gotas de sudor que resbalan cuidadosamente por toda su piel haciéndola brillar.

Mabel me abraza y no retrocede. Se deja llevar por las sensaciones que produce cuando me acerco a su boca y la tomo sin pedir permiso. Sus suaves movimientos, el temblor de su cuerpo, la efervescencia del momento me pide a gritos que la pruebe sin contemplaciones. Por un momento abro los ojos. Mabel introduce su lengua y busca comerme la cara. Desvío mis manos a su trasero, lo masajeo y siento como ella deja escapar un tímido gemido de su boca.

Toda la magia de pronto se desvanece con el sonido de la canción. La miro directamente a sus ojos. Maldigo en mi interior por lo que estoy haciendo. Me aprovecho de ella en este momento. Dolorosamente me aparto.

Ella no dice nada, apenas puede hablar y camina con la cabeza gacha hacia la puerta trasera y yo voy detrás temiendo haberla herido repentinamente

- Mabel yo…

Mabel me interrumpe.R

- Por dios. Lo siento tanto. No sé qué me ha pasado. De seguro debe ser la bebida.

- No has bebido nada -le recuerdo y no puedo evitar sentirme malicioso.

Ella trata de decirme algo pero se traga las palabras y desvía su rostro enrojecido. Sin poder evitarlo me acerco. Me encanta verla nerviosa, hace que sus ojos brillen y su piel pálida tome una tonalidad sonrosada y preciosa.

- Jasper, tú me has ayudado tanto y sólo llevo un día conociéndote y todo esto es tan precipitado que no quiero aprovecharme de ti.

Todavía no me repongo del ataque de risas que me provoca. Ella incapaz de aguantar mi broma trata de irse pero voy mas rápido y la acorralo entre la pared y el sofá.

- No te molestes -le digo mientras siento sus senos presionarse contra mi pecho. Sus ojos marrones preciosos cuando me miran asustados-. La verdad es que en todo caso soy yo el que me aprovecho de ti.

Trata de controlar su respiración nerviosa. Lentamente relame sus labios, su pintura vinotinto se ha caído luego de ese beso en la pista. Percibo el olor a su excitación.

Quiero besarla. Mi instinto grita, me ordena que le tome el rostro y hunda mi lengua en su boca. Mis pensamientos de nuevo me vuelven tenso, sediento de ella, de sus besos. La tomo por el pelo, acaricio su cintura y la aprieto contra mí mientras recorro cada rincón de su boca y chupo sus labios dulces con fervor. El contacto produce una corriente eléctrica que recorre todo mi cuerpo y envía de un solo golpe sangre a mi entrepierna.

Esta chica me enloquece y se vuelve una adicción, algo necesario para mi cuerpo.

La deseo. La quiero.

Pero me detengo.

- ¿Qué?, ¿hice algo malo? ¿No te gusto?

- ¡Me encantas! Pero tienes razón en algo. Estamos precipitando las cosas.

- Soy yo ¿verdad? A veces hago cosas sin pensar. Lo siento, Jasper.

- Tú no eres la del problema. Eres perfecta, Mabel. Tanto que creo que esto es un sueño por eso no quiero presionarte.

- No lo haces. Pero tienes razón. Esto es muy

precipitado. Tú no me conoces y yo lo único que sé de ti es que te dicen Alas de Ángel.

- Eso puede cambiar, ¿no lo crees? ¿Qué te parece una cita? -le pregunto aunque se siente estúpido hacerlo. ¿Desde cuándo me volví tan ridículo con esto de las citas? En mi vida jamas pensé que algún día invitaría a una chica a salir conmigo.

- Pues, estaría encantada.

- Entonces es un hecho. Tú yo tendremos una cita mañana.

MABEL

Nunca pensé que me podría gustar alguien de esa manera.

Lo primero que hice en la mañana fue pensar en Jasper y en sus besos, en el calor de su cuerpo y el olor a cuero que estaba mezclado con jabón y su sudor que me enloquece, me hace sonreír como una tonta sin remedio.

Me gusta esa mezcla entre ángel y demonio. Que pueda verse rudo, malévolo y se muestre a veces algo torpe y lindo conmigo. Me ha hecho reír más veces en una noche que Caleb en casi 22 años de mi vida. Con él puedo simplemente ser yo misma.

Al diablo las etiquetas y esas estúpidas reglas de sociedad.

Estoy cansada de fingir ser algo que realmente no me gusta tan sólo por complacer a mis padres y sus intereses, por tener miedo a poder decepcionarlos.

Preparada como estoy para afrontar las consecuencias desciendo las escaleras y me dirijo al comedor. Hoy les contaré la verdad a mis padres y al fin seré libre porque ellos tendrán que aceptar el rompimiento de mi romance con Caleb.

Me detengo cuando escucho que pronuncian mi nombre. Estoy a poca distancia del comedor pero puedo ver a la mujer rubia y baja que sostiene la mano de un hombre alto y con gran mostacho negro en sus labios. El matrimonio Daugherty, los padres de Caleb están en casa y con su hijo a un lado.

Al verme se levanta y viene directo para besarme en los labios antes de que pueda resistirme. Su mano me toma por la cintura de forma posesiva y siento asco por tacto.

- Nena, te estábamos esperando para desayunar - dice e intenta besarme de nuevo pero yo esquivo su cara.

- ¿Qué hacen tus padres aquí? ¿Acaso no les has dicho nada? -lo fulmino con la mirada pero él parece dispuesto a seguir con su teatro barato.

- Vamos, Mabel. Estas cosas se hablan en privado, nena.

- No soy tu nena -lo separo.

- Mabel. Por favor, respeta a tu novio. ¿No te da vergüenza con el y sus padres? -suelta mi padre con gravedad.

- No es eso -tartamudeo. Ahora mi valor se ha escapado cuando veo a mi padre ponerse de pie con semblante rígido. No puedo evitar que me tiemblen las piernas mientras que fulmina con con su mirada oscura.

- Mabel y yo hemos tenido una pelea; nada grave. Ya lo hemos hablado ¿o no? -interrumpe Caleb.

- Yo no hablé nada contigo. Fui muy clara. Te dije que terminamos.

- ¿Qué? -nuestras madres sueltan al unísono y papá parece estallar de la ira por mi comportamiento, pero ya en este punto no me importa nada lo que digan.

- Nena. Por favor. Es mejor resolver esto en privado. Nuestros padres no tienen que saberlo.

- ¿Saber qué? ¿Qué me engañaste? Pero si esa es la verdad. Caleb me engaño con otra chica, papá -suplico con la mirada que me comprenda pero parece todo lo contrario.

- ¿Y qué? De seguro ha sido una equivocación, cariño -mamá intenta intervenir pero no me ayuda para nada-. Los dos pueden arreglarlo. Están jóvenes y un desliz lo comete cualquiera.

La rabia golpea mi rostro. No puedo creer lo que dice mi propia madre. Perpleja escucho cómo defiende y justifica a Caleb. Pero no importa, no pienso detenerme.

- Yo ya no lo quiero tampoco. No amo a Caleb y no me casaré con él -mis palabras salen con facilidad y con ellas toda duda sobre mi relación con Caleb.

- Cierra la boca, Mabel -resonó la voz de papá.

Mis ojos casi se inundan en lágrimas mientras observo como tiene su rostro desfigurado de la rabia.

- Pensé que estarías de acuerdo, papá.

Su silencio me golpea.

Se gira bruscamente y se dirige hacia los Daugherty:

- Lo siento tanto, Marshall y Erika. Pero no se preocupen, hablaré con mi hija y la haré recapacitar. No permitiré una conducta infantil en mi casa.

- No lo haré. No regresaré con Caleb ni aunque sea el último hombre de esta tierra.

Sin poder aguantar más corro a pesar de que gritan mi nombre.

No me importa. No voy a permitir que me obliguen a algo que no quiero hacer. Ellos tendrán que aceptar mi vida tal y como es.

...

- ¿Todo bien? -me pregunta Cindy cuando se sienta conmigo en el comedor de la universidad. A su lado, el buen Kevin toma asiento y ocupa una buena parte de la mesa.

- Les dije a mis padres que no me casaría con Caleb. Se oponen a que cancele lo de nosotros.

- ¡Rayos! Pensé que tus padres eran relajados y

modernos pero veo que me equivoqué. Deberías mandarlos a freír espárragos.

- Cindy, son los padres de tu amiga -pronuncia el buen de Kevin.

- ¿Y qué? Eso no quita que sean unos verdaderos tontos. Lo que digo es que ella puede elegir con quien salir. Como por ejemplo, "sexy trasero".

- Cindy -suelto algo soprendida mientras apunto mi cabeza con dirección a Kevin.

- No te preocupes. No soy celoso -suelta divertido.

- ¿Qué haría yo sin ti? -dice ella mientras le da un beso fugaz en los labios y luego se dirige a mí-. ¿Por dónde íbamos? ¡Ah, sí! Que no te importe lo que digan. Ellos tendrán que acostumbrase a tu nueva relación con Jasper.

- No tengo ninguna relación con Jasper.

- ¿No? ¿Y esos besos qué? ¡Por dios! Juré que iba a comerte en la fiesta de anoche ¿o no cariño? Le aposté a que te ibas a la cama con él.

- Pues, págale porque has perdido. No pasó nada entre nosotros.

- No te creo -por un instante me miró fijamente como si con ello pudiera leerme la mente pero se detiene cuando siente que su método no funciona.

- Es verdad. No pasó nada, Cindy. Fue lindo conmigo. Incluso me invitó a una cita.

- ¡Qué! -se levanta de pronto grita tan fuerte que las personas nos observan.

- Cindy-digo regañándola.

- Lo siento amiga pero es que es algo emocionante. Tú y el "Sexy Alas de Ángel" en una cita.

Miro una vez más a Kevin y compruebo que no le importa que su propia novia diga eso de otros hombres, es más, parece totalmente divertido por su reacción.

- De verdad que eres fantástico -suelto entre una muestra de sorpresa y diversión.

- ¿Cuándo es? Dime todo. ¿Ya tienes la ropa que te vas a poner? ¿A dónde van a salir?

Sus palabras suenan atropelladas y cuando estoy a punto de responder John llega y se sienta a mi lado.

- ¿Salir con quién? ¿Regresaste con Caleb?

- En lo absoluto -niego con la cabeza.

- Saldrá con Jasper -suelta Cindy en un grito. Lo siente cuando la fulmino con mis ojos.

- ¿Es en serio, Mabel? No llevas ni tres días de haber dejado a Caleb y ahora vas a salir con Japer ¿acaso te has vuelto loca?

- ¿Qué te importa? -suelto molesta.

- Mucho. Ese tipo es peligroso. Tú misma lo viste pelear dentro del círculo. Es violento y no le importa salir y engañar a las chicas como tú.

- ¿Cómo soy yo? ¿Tonta?

- No. Ingenua. De verdad no es el indicado para alguien como tú.

- ¿Quién es el indicado para entonces? ¿Caleb? -me levanto furiosa y dejo la bandeja en la mesa.

Me molesta la actitud de John y el hecho de que se sienta en posición de decirme con quién debo salir.

- Espera, Mabel -me bloquea el paso. Escucha, lo siento. No quería decir todo eso pero…

- ¿Pero qué? Eres igual a los demás, te encanta juzgarme y decirme lo que debo hacer.

- Es que soy tu amigo y te quiero. Me preocupas mucho y no soportaría que ese imbécil te hiriera.

Inhalo y exhalo. Ahora me siento un poco más relajada. Le sonrío. Sé que no puede evitar protegerme, lo ha hecho desde que éramos unos niños.

- Estaré bien. Jasper no me va a herir, lo sé -aunque no puedo explicarlo tengo un buen presentimiento.

- Más le vale, si no se las verá conmigo ese imbécil. Tú no estás sola, Mabel. Me tienes a mí.

Beso su mejilla.

- Te lo agradezco, John. Eres mi mejor amigo.

- Lo sé.

JASPER

- Dime la verdad ¿esa chica es tu novia? -pregunta Margaret mientras me mira firmemente a los ojos.

- No seas tan curiosa, mujer. Puedo notar que te mueres por saberlo -digo mientras termino de cambiar la luz del baño de hombres de su local.

- Jasper Brown ¿o me cuentas ahora mismo o te tumbo de esas escaleras? -sus manos mueven ligeramente la escalera y hace que me tambalee un poco por los aires.

- ¿Qué intentas hacer? -con asombrosa agilidad bajo rápidamente antes de que cometa una locura. No quiero que esta noche impida poder salir con Mabel.

- Déjalo ya, Margaret. No te dirá nada -Dan suelta mientras sostiene el cepillo de baño.

- Tú cierra la boca y termina de limpiar la suciedad de los inodoros.

- Pero puedo decirte que hoy la llevará a una cita -le dice en cierto tono de complicidad. Yo intento darle un buen golpe en los brazos pero Margaret se atraviesa al instante.

- No golpearás a mi bebé, Jasper -dice en tono maternal.

- ¡Qué más da! Él siempre fue tu favorito.

- Tú también eres mi favorito, Jasper y creo que tengo ciertos derechos de saber con quién vas a salir.

- ¿A qué te refieres? -pregunto haciéndome el tonto.

- No juegues conmigo, muchacho. Yo ya estoy demasiado vieja para ello.

- Eres insoportable -veo a Dan que abraza a la mujer como un niño pequeño viéndose completamente ridículo porque es tan alto que Margaret le llega apenas a su pecho.

- Sabes que te adoro, mujer -tomo su mano arrugada y caliente que me recuerda a las de una madre. No a la mua pero sí a cualquiera madre que ama y cuida a sus hijos. La beso tiernamente, le guiño el ojo para tratar de ser simpático.

- No me contará nada -suelta dándose por vencida. Aparta de un empujón a Dan y se marcha molesta.

- Pero me tienes a mí, Margaret -Dan trata de animarla un poco.

- Me quedaré sola entonces -suelta divertida.

- ¡Oh, vamos! Sabes que me adoras. Lo dijiste ahora mismo, soy tu favorito, nena.

Ruedo los ojos. No puedo soportarlos a veces y sin embargo ellos son la única familia que tengo y por ello muchas veces me contengo para no golpear a Dan pero en cuento veo que Margaret por fin se ha ido le doy un fuerte puñetazo en el brazo.

- ¡Maldición! -suelta con un hilillo de voz-. ¿Qué diablos te pasa?

- Eso es por decirle lo de la cita. No seas una niñita, Dan. Sé un hombre.

- Imposible cuando me pegas de esa manera. ¿Cuántos años crees que tienes? ¿10?

- Peleará "huesos" ¿sabes quién es?

- No me importa. Igual le partiré la madre.

- No te confíes mucho. Ese tipo dejó en coma al último peleador. Dicen que lucha de forma sucia y que jamás ha perdido una pelea.

- Hasta que me encuentre.

- Pero qué creído te has vuelto últimamente, Jasper, ¿tendrá que ver con esa chica?

- Métete en tus propios asuntos, Dan. Yo no voy por ahí preguntándote con quién sales.

- Pues deberías preguntarme. Tengo una lista muy extensa.

- No me interesa, créeme. Y mi respuesta es sí. Pelearé con ese saco de huesos.

- No le dicen así por eso, idiota. Le ha roto al menos una extremidad a cada uno de sus oponentes. Eso quiere decir que es de mucho cuidado.

- Me da igual con tal que me paguen.

- No todo en la vida es dinero, también está tu

querido amigo Dan. ¿Qué será de mí si te pasa algo?

- Le podrás amargar la vida a Dylon y Margaret. Ahora déjame en paz. Tengo que salir a un lugar dentro de poco.

- Se me olvidaba. A tu linda cita. De verdad eso es tan raro. Siento como si llegase el fin del mundo.

- No exageres. Saldré con ella, no le pediré matrimonio.

- Pero como si lo fuera, hermano. Te he visto obsesionado por esa chica… ¿desde cuándo?, ¿tres meses?, ¿cuatro, quizás?

- Fueron dos y deja de hablar o pensaré que está celoso.

- Créeme. Si me gustaran los hombres tú fueras con el último que saldría.

Lo dejo hablando solo en medio de la oscuridad. Tiene esa cualidad única de hacerme perder la paciencia en tiempo récord y ahora no quiero irme con un humor de perro cuando voy a salir con Mabel. Desde que probé sus besos y la toqué no he dejado de soñar con ella y en recorrer su cuerpo desnudo. Solo imaginar como su dulce voz dice mi nombre mientras estoy sobre ella eriza los vellos de mi nuca porque Mabel simplemente se ha metido en mi cabeza como si se tratase de un virus que jamás va a ser borrado.

Tomo una ducha rápida y me cambio de ropa. De algún modo me siento algo inseguro. Después de todo Mabel está acostumbrada a cosas lujosas y llena de riquezas, cosas que yo jamás podría darle ni aunque peleara con más de 100 tipos todos los días.

Hay algo en ella que me hace sentir inseguro. No dejo de preguntarme si ella aceptará a alguien como yo con tantos demonios en su paso. Estoy lleno de dolor, de ira, de rabia...

Recibo una llamada.

Reconozco el número y no deseo contestar,pero esta necesidad que me arropa es mucho más urgente y dolorosa. Sé que si la tomo entonces el recuerdo me atormentará toda la noche.

- ¿Qué quieres? -pregunto mientras me detengo en la puerta del departamento.

- Hablar contigo, hijo -su voz temblorosa me duele. Puedo escuchar el sonido de la televisión y el movimiento de unas ollas al caer.

- ¿Has tomado de nuevo? -le pregunto. Hay cosas que no cambiarán y una de ellas es que ella no dajará de tomar y yo no dejaré de contestar el teléfono.

- Necesito que vengas por mí, por favor.

-No puedo. Estoy a punto de salir.

- Jasper, hijo. Es que…

Maldición. Aprieto la mandíbula hasta hacerme daño. Mi primer impulso es golpear la pared con los nudillos y luego trancarle el teléfono.

¿Por qué debo hacerlo? Yo nunca la obligué a beber y alejarse y ahora tengo que pagar sus metidas de pata todo el tiempo. Aurora, es como una niña pequeña que tengo que cuidar siempre.

Aurora me da la dirección del lugar y enseguida conduzco.

Un bar. ¡Que sorpresa!

Aparco la motocicleta a un lado. Trato de encotrarla con la mirada en medio de esas personas escandalosas que no paran de beber y cantar. Al fin la ubico. Ella es la mujer de pelo negro que viste como una estriper y se monta en una mesa a bailar mientras un montón de cretinos le dicen porquerías.

¿Qué paso con la mujer que sonaba casi deprimida?

- Tú eres el hijo de Aurora -pregunta un sujeto acercándose-. Le dije que no le daría nada más hasta que me pagara. Pero ella me dijo que vendrías en un momento, luego se consiguió con esos sujetos.

- Tenga -le doy el dinero.

Me acerco a Aurora y su imagen es deplorable. Su camiseta sin mangas muestra su sostén negro y mucha piel.

- Jasper, cariño. Ven con mamá.

- Suficiente. Ya acabó el espectáculo -digo acomodando su camisa.

- ¿Quién diablos eres para decirlo? -un sujeto de gafas y enorme barba me da un empujón y yo le golpeo la cara.

Todos los demás se alarman. Sus dos amigos vienen en su defensa. Siento los puños como hacen contacto sobre mi cuerpo pero sólo se sienten como almohadas de piedra que apenas me hacen daño. Yo voy sobre ambos.

Aurora grita. Maldice y corea mi nombre mientras peleo con ellos pero cuando uno de esos mal nacidos me golpea por la espalda para tumbarme ella no lo piensa dos veces y le rompe un botella en la cabeza dejándolo fuera del juego.

- Nadie se mete con mi bebé, cretino -dice y le escupe la cara.

En ese momento el sujeto en pie intenta golpearla pero lo derribo y me desquito con su cara hasta llenarme los nudillos con su propia sangre. Mi vista se cubre de negro, siempre lo hace cuando tengo un contrincante frente a mí.

- Yaya es suficiente, muchacho, será mejor que te largues y te lleves muy lejos a esta mujer -dice el jefe del bar.

- Mi nombre es aurora -aclara como si realmente

importara.

La tomo de la mano. La arrastro hasta sacarla de aquel infierno mientras evito mirarla a la cara. Le doy el casco y con mis manos doloridas conduzco a su patético cuchitril. una casa descolorida y descuidada que una vez fue mi hogar. Esa misma donde guardaba los más horribles recuerdos de mi vida hasta que varias personas me halaron de ella y su aire venenoso antes de que me envolviera.

- Jasper, mi bebé -me besa la mejilla y me abraza mientras se tambalea borracha.

El olor alcohol es tan intenso que me repugna tocarla pero no tengo más remedio que hacerlo para llevarla a casa.

- ¿Estás bien? mira como te dejaron esos imbéciles; deja que te cure esas heridas.

- Ya hiciste bastante por esta noche, Aurora. Ahora será mejor que descanses -la tumbo en su cama. Con mucho cuidado le quito los zapatos y la envuelvo en una una manta arrugada.

- Me gusta cuando me dices mamá, cariño.

En silencio me doy la espalda. Me acerco a la cocina y me lavo la sangre seca de mis manos e intento de verdad poder buscar una excusa para darle a Mabel.

MABEL

Definitivamente me ha dejado plantada.

Mi sangre hierve y estoy apunto de que las lágrimas broten. Observo el reloj de mi teléfono. Se supone que sería a las 8 pero son las 10:25 minutos y ni siquiera ha mandado un mensaje.

Decidida a devolverme escucho el motor de su moto. Las luces iluminan el camino de la entrada y escucho mi nombre.

No quería que me dé una patética excusa como siempre lo hacía Caleb cuando llegaba tarde. Odio que todos dispongan de mi tiempo como se les da la gana. Estoy harta que siempre piensen que no me importa y que como una chica buena y obediente los espere como si en mi vida no tuviera otra cosa mejor que hacer.

- Mabel -grita de nuevo pero sigo de largo mientras contengo las lágrimas y este dolor en la garganta que me impide decirle que se vaya al demonio.

Rodeo mi casa. No dejaría que papá o mamá me vieran derrotada y llorosa por alguien. Entro por la cocina donde todo está oscuro a estas horas, ni siquiera Gertrudis pisa ese lugar a esta hora salvo cuando tengo invitados y eso es bueno porque tampoco quiero explicarle lo que me pasa.

Una mano toma mi brazo y me lleva hacia su cuerpo. De forma inexplicable ha trepado por la verja en tiempo récord. Grito pero sus manos cubren mi boca. Desde la oscuridad puedo ver como la herida de su ceja sangra ligeramente y sus nudillos están algos hinchado y no hay que ser inteligente para intuir que estaba en una pelea.

Lo empujo para no sentir su contacto.

- Aléjate de mí -trato de marcharme pero no me deja.

- Mabel, lo siento. De verdad. Pero surgió algo de último momento.

Sus ojos brillan intensamente empujándome a caer en su trampa.

- Ahórrate tus lamentos. De verdad no quiero saber nada -lo empujo con mis brazos pero es tan fuerte que apenas puedo moverlo y me siento patética porque no puedo lograr herirlo.

- Por favor, solo déjame explicarte.

Yo le interrumpo.

- No lo hagas, Jasper. Ya sé que estabas en una pelea.

- ¿Cómo lo sabes? -pregunta sorprendido.

- Al menos te hubieras molestado en decirme que no podías ir y así no me quedaba como una estúpida esperando a que llegaras.

- Esto tiene una buena explicadín. Necesito que me escuches.

- Vete, Jasper -insisto.

- No hasta que escuches.

- No me interesa lo que tengas que …

- Estaba en una pelea pero era por mi madre. ¿Te acuerdas que te dije cuando nos conocimos que Margaret y Dylon han sido como mis verdaderos padres desde que tenía 13?

Me quedo inmóvil y en silencio mientras que escucho como el viento agita los árboles. La respiración de Jasper se vuelve tensa y su pecho se mueve lentamente.

- ¿Podemos hablar en otro lado? -pregunta.

Quiero decirle que no pero siento que mi otra yo quiere darle una oportunidad; después de todo aunque hay cierto miedo en mi interior de que todo sea una mentira que yo crea gustosamente.

- Sí, pero no saldré contigo. Ya no tengo ganas.

- ¿Hablaremos aquí? -pregunta confundido.

- No, sígueme.

Al otro lado del enorme jardín pasa el pequeño puente curvo que me lleva a la casa de invitado de dos plantas. Busco entre los jarrones llenos de plantas la llave y paso sin encender la luz. No quiero arriesgarme que mis padre lo encuentren.

- No hagas ruido -le susurro y subo por las escaleras. Voy a una de las habitaciones. Es la más grande y en ella mis padres guardan un botiquín de primeros auxilios. El calor de la habitación es algo sofocante. Puedo sentir la soledad que acompaña la casa. Cuando tomo el algodón y un poco de alcohol para desinfectar lo dejo cuidadosamente en la cama, al lado de Jasper y me dirijo a abrir los enormes ventanales que dan hacia el balcón.

- Gracias -dice rompiendo el silencio.

- Apresúrate. No tengo mucho tiempo.

Baja la cabeza algo herido. Es raro ver a un hombre como él sentirse por mal por el comentario de alguien.

Toma el algodón con sus manos pero estas siguen temblorosas y dejan caer unas motas al suelo.

- Yo lo hago. Ahora habla -presiono la mota en su ceja. Gruñe por el dolor.

- Veo que lo disfrutas -intenta darme una sonrisa que solo parece fracturada.

- No sabes cuánto.

- Bien. lo merezco. Yo no quería embarcarte, de verdad. Pero Aurora me llamó.

- ¿Aurora? Pero me acabas de decir…

- Ella es mi madre. Se llama Aurora y es alcohólica.

Es el motivo por el que casi falto a nuestra cita. Lo siento, Mabel. Pero ella. Su llamada. Por alguna razón que nunca comprendo la atendí y fui a buscarla. No puedo negarme, nunca puedo y siempre me odio por ello.

Impulsivamente tomo su mano y siento como entrelaza sus dedos con los míos con mucho cuidado. Quiero decirle algo pero no encuentro las palabras correctas para poder reconfortarlo.

- Desde que ese hombre nos dejó ella se refugió en la bebida. Yo apenas tenia diez año pero podía ver a mi madre totalmente ebria en la casa, siempre llevaba a sus amigos y se revolcaban, luego la abandonaban y yo tenia que ser su paños de lágrimas todos los días. Aurora de pronto perdió su brillo, su candidez y se convirtió en una mujer frívola y desinteresada que le daba igual que yo fuera a la escuela o saliera con gente realmente mala. A ella nunca le importó, ni siquiera lloro cuando servicio social fue por mí. Solo me dijo: "Que tengas suerte, muchacho" y se dio la espalda. Dejó que unos extraños me alejaran de ella.

Acongojada siento una presión en mi estómago cuando lo escucho hablar con extrema tristeza de su propia madre. Me quedo callada mientras termina de contarme la historia de su vida.

Su cuerpo se desploma sobre la cama y su mirada queda suspendida entre el techo y la nada. Me giro para mirarlo. Un trozo de claro de luna refleja su pesar. Me atrapa entre sus brazos y su pecho.

- Aurora me Llamó justo cuando venía hacia acá. Entendí que tenía que ir por ella y cuando lo hice la vi bailando con esos imbéciles a su alrededor. Parecía que no tenia ni idea de como ellos la miraban, vi el hambre en sus rostros y si no los detenía le harían daño; por eso pelee.

- Y yo me siento como una tonta -dejo salir. Sus brazos me presionan más fuerte y siento como se sacude su cuerpo cuando deja salir una suave risa.

- Debí llamarte. Lo siento.

- ¿Y si los dos estamos a mano? -subo mi rostro para encontrar al suyo y me encuentro con su mirada, con sus labios cerca de los míos luciendo tentadores.

- Bueno… no lo sé -responde con muchas dudas ¿no te fue suficiente con restregar tu dedo en mi herida? -la voz y su risa me produce escalofríos.

- Puedo hacerlo de nuevo. No lo olvides -mi mano viaja hacia su rostro pero el la detiene y la aleja para luego besarme lentamente.

No puedo evitar presionar mis ojos. Su cuerpo se mueve lentamente y siento todo su peso encima. Sus labios besan mi cuello suavemente y suben de nuevo a mi boca. Palpo sus músculos a través de su cazador de cuero. Mis dedos se deslizan por instinto debajo de su camiseta. Su piel es cálida y dura, siento su vientre hasta descender hacia su pantalón pero sus manos toman las mías y aprietan mis dedos mientras las coloca lejos de mi cabeza para poder besarnos por un largo rato y sin pasar al siguiente paso aunque me encuentro ansiosa de hacerlo. Mi cuerpo se muere de ganas de sentir los movimientos de Jasper sobre mis caderas.

Parece darse cuenta de mis pensamiento. Su sonrisa se vuelve picarona y sus ojos me miran profundamente hasta derretirme.

- No pasará -dice con una voz confiada.

- ¿Pasar qué? -intento sonar inocente pero mi sonrisa me delata.

- Lo que intestas hacer. Solo me quieres usar porque sabes que estoy con la guardia baja -bromea un poco y me tranquiliza que se sienta mucho mejor.

- Sería incapaz de hacerlo -miento con descaro porque en lo que a mi respecta quiero lanzarme sobre él y devorarlo. Necesito que sus manos me sigan tocando pero me conformo con un beso tierno en los labios y su mano acariciando mi rostro.

- Sólo espera, Mabel. Te prometo que valdrá la pena.

- Eso espero. Ya me estoy cansando que te hagas

del rogar. Me haces sentir como una desesperada pervertida que intenta abusar de ti.

- ¿No es lo que quieres hacer?

- Cierra la boca y bésame.

JASPER

Sólo tres personas saben lo de Aurora. Todavía no puedo creer que tuve el valor de contarle a Mabel la sombra que se cierne pesadamente sobre mi pasado. Confieso que tenía miedo que me rechazara. Jamás, nunca me había importado tanto una opinión como la de ella.

Yo me he preparado para el desprecio y su rechazo; y sin embargo... Mabel me escuchó y me comprendió. Ella no tiene ni la remota idea del alivio que siento cuando de nuevo puse mis labios sobre los suyos porque eso significa que sigo teniendo mi oportunidad con ella.

Esa chica es totalmente valiosa. Cada segundo que tengo a su lado me confirma lo que vale y con ello las ganas de tenerla a mi lado. Sin darme cuenta se ha convertido en una necesidad importante en mi vida.

Dan me intercepta en la entrada del comedor. A su lado, una chica de ropas mórbidas y maquillaje oscuro. Nunca en la vida había visto una chica con tastos aretes en su rostro y la orejas pero a él no parece importarle, incluso se muestra algo excitado pues la rodea por la cintura para atraerla hacia él.

- Te iba a preguntar como fue tu "cita" anoche pero

veo que Mabel tiene mano ruda -se burla.

- No fue Mabel -digo entrando.

- Por favor, no lo niegues, esa chica te pateó el trasero anoche. Ni siquiera tenia idea de que fuera de ese estilo de chicas.

Ignoro a Dan. Le encanta hacerse el idiota cuando hay una chica que le interesa y casi siempre intenta lucirse aprovechándose de mi fama en el círculo.

Busco con la mirada a Mabel. Sé que a esta hora siempre come con sus amigos y casi siempre se sienta en la ultima fila del comedor, lejos del barbullo y la monstruosa barra llena de comida grasosa y simplona.

Dan se despide de la chica cuervo con un enorme beso que le mancha sus delgados labios con negro. Al principio quiero decirle pero cierro mi boca porque es más divertido ver la cara rara de la gente cuando lo ven por primera vez.

- ¿Vas almorzar con tu novia?

- Mabel no es mi novia y no te importa. Yo no te pregunte sobre tu amiga.-

- ¿Lucy? La conocí anoche cuando ayudaba a Dylon en el restaurante y la lleve al departamento cuando termine mi turno. Puedo decirte que ella tiene unas ideas bastantes peculiares sobre el sexo.

- No lo dudo viendo la cantidad de aros que lleva.

- Y no sabes cuantos oculta debajo de la ropa -sus cejas se mueven de tono insinuante.

Sin duda Dan es un idiota. Pero al menos el idiota me hacia reir.

- Por favor, compórtate cuando estemos con Mabel y sus amigos -le advierto al llegar a su mesa.

La amiga de ella es la primera en verme. Su cara hace una mueca muy rara, parece que de pronto exagera su risa y luego le da un codazo a Mabel que parece doloroso,

- ¿Qué diablos? -suelta ella acariciándose el brazo pero luego voltea y sonríe al mirarme.

- ¿Estás bien?

- Sí, más o menos. Al menos creo que no necesitaré ir a urgencias -sus ojos miran a la chica morena de cabello frondoso y rizado.

- Lo siento, trataba de advertirte. Hola, Alas de ángel -suelta ella mientras agita los párpados.

- ¡Qué tal! … Cindy -digo recordando su nombre.

- Sabe mi nombre, ¿no es un sueño? -le pregunta al chico a su lado que no para de sonreír.

- Novio ¿Cómo es que puedes soportarlo? -le pregunta al chico.

- Te lo dije, no soy para nada celoso -el muchacho se levanta y me extiende su mano en un gesto de cortesía-. Por cierto soy Kevin.

- ¿Cómo es que dejas que tu chica mire a Jasper de esa forma y no tienes ni ganas de partirle la cara a él? -Dan pregunta mientras coloca sus sucias botas de combate sobre la mesa pero enseguida le doy un codazo para que las baje.

Kevin se encoge de hombros.

- No lo sé. No dudo de lo que ella siente por mí.

- ¿Entonces puedes hacer lo mismo con otras chicas? -arque su ceja sorprendido.

- Si lo intenta no quedara vivo por mucho tiempo -la voz de Cindy se vuelve tétrica.

Todos estallamos de la risa por su comentario.

- ¡Vaya!, están locos. Por primera vez me siento el más normal de un grupo.

- ¿Quién te dijo que eres normal? -le digo para picarlo.

- ¿Y yo que tengo de anormal? -pregunta Mabel interesada.

- No lo sé, pero podrías averiguarlo. ¡Maldición! -suelta cuando mi puño viaja a su hombro-. ¿Qué diablos? me vas a dejar sin mi precioso brazo.

- Te dije que te comportaras -suelto. De pronto me encuentro con la mirada divertida de Mabel.

- Deberías aprender un poco de Kevin. A él no le importa.

- No me gusta nada las teoría modernas -le digo.

- Entonces, quizás Mabel debería pensárselo muy bien. ¿Qué dices tú? -le pregunta-. ¿Prefieres un tarado retrógrado o un bien parecido moderno como yo?-. Rápidamente arquea sus brazos para mostrar sus diminutos músculos haciendo que Cindy rompa una carcajada estruendosa y mas adelante Mabel haga lo mismo.

Estoy preparado para partirle la cara a Dan en cualquier momento y si no fuera porque ellas han herido bastantes sus sentimientos con sus sonrisas burlonas ahora mismo estuviera en el suelo con la nariz rota.

- Tú te lo buscaste -le digo a Dan.

- ¿Qué podía esperarse de alguien que cree que Jasper es gencial? Yo lo conozco mejor que ustedes chicas y sé cada vergonzoso detalle sobre su vida -exclama con algo de orgullo y también ligera amenaza.

De pronto llega otra persona. He visto a ese hombre muchas veces cerca de Mabel. Pienso que era su novio cuando los miraba juntos por los pasillos riéndose. No había que ser muy inteligente para darse cuenta en la forma como la miraba posesiva, como si dijera que era su dueño.

La mesa se quedó en un genuino silencio.

Me miró directamente a los ojos. Sentí como me

retaba con cada milímetro de su expresión. Para él yo era un intruso que estaba al lado de Mabel, quizás ocupando su espacio pero no me importaba. No le tenía miedo.

De forma Cortés besa la mejilla de ambas y saluda a Kevin con la mano mientras nos ignora a nosotros. Mabel nos presenta pero ni siquiera muestra menor interés en mí.

- Necesitamos hablar; a solas -dice puntualizando y sin poder evitarlo dejo que se mache con ese imbécil.

Por un par de segundos estoy decidido a levantarme y prohibirle que lo haga. No quiero que ella hable con alguien que la desea y la mira como si fuese un objeto.

- Ese tipo es un cretino -dice Dan mientras yo no le quito los ojos encima.

- ¿John? Para nada. Es un gran amigo; los dos se conocen desde que eran niños -ella nota que los celos nublan mi semblante y me regala una dulce sonrisa para tranquilizarme-. Mabel no tiene ni la remota idea de que él está loco por ella. Solo lo quiere como un hermano.

Me quedo en silencio. Mi visión se vuelve roja, como la sangre. Quiero levantarme y romperla la cara cuando veo que la toma por las manos y la acaricia, incluso posa su mano en el hombro desnudo de ella y mientras le dice algo que parece serio. Mabel baja la mirada, él toma su barbilla y la obliga a mirarlo a los ojos.

No puedo evitar que mis puños se aprieten y palpiten con la ansiedad de poder partirle su bonito rostro de niño rico porque la sigue tocando y ella no se da cuenta de nada y sigue hablando mientras sigue inocente de todo y solo soy capaz de tomar aire cuando la veo volver completamente pensativa y algo distante.

- ¿Qué paso? -Cindy le pregunta como si leyera mis pensamientos.

- Nada -sus labios sonríen en lo que es una sonrisa falsa y triste que me alarma.

- ¿Nada y vienes con esa horrenda cara?

Sus ojos se vuelven estrellas furiosas que amenazan con abrasar a su amiga.

- Estoy bien, Cindy -suelta seria y se sienta a mi lado. Sus dedos buscan mi mano y las nota tensas y frías al constrante de las suyas que están calientes y sudorosas. Incluso parecen que tiemblan pero no digo nada y las aprieto receloso.

- Me ha llegado un mensaje de Jack. Dice que ya está lista la pelea para este sábado. El Huesos ha aceptado -suelta Dan con su teléfono en la mano.

- ¿Pelea?, ¿vas a pelear de nuevo? -pregunta Mabel.

Puedo ver como viene un *deja vu* que he vivido casi toda mi vida. Aprieto mis dientes mientras espero que ella me reclame por hacerlo y yo trato de buscar una razón convincente de por qué lo hago.

- ¿Puedo ir? -pregunta y mis ojos se abren de sorpresa.

- ¿En serio?

¿Cuál es la trampa? Intento olfatear una segunda intención.

- Sí, claro. Me gustaría ir a verte -ella se encoge de hombros como si no fuera nada.

- Oye, las peleas de Jasper son muy violentas, no creo que puedas con ello -dice Dan.

- Yo ya lo he visto pelear: Fue así como lo conocí -responde fríamente. Todos los ojos se posan sobre ella y en su risa.

Ella me conoció en ese momento. Gracias a esa pelea fue que al fin ella se dio cuenta de mi existencia y ahora yo sonrío como un idiota por recordarlo.

- ¿Podemo ir? Nunca he ido al Limbo a ver una pelea y menos de Alas de Ángel. Quiero saber si es verdad que parece un ángel vengador cuando destruye a sus enemigos -ruega Cindy.

- En definitiva, tu chica está loca, amigo -Dan le dice a Kevin.

Cuando terminamos de almorzar yo tomo la mano de Mabel y la separo del grupo.

- ¿Qué? -pregunta pero la ignoro.

Ella se deja guiar por mientras caminamos por la parte de atrás del campus abierto hacia las enormes gradas del equipo de fútbol. Todavía tengo en mi cabeza el momento en que ese John la tocaba y hablaba con ella lo más cerca que podía.

De nuevo los celos se clavan en mí como filosas agujas que duelen. Pensar que él está interesado en ella y que hay muchos años que los une me enfurece. Después de todo yo estoy con ella hace menos de una semana y él la lleva conociendo toda una vida entera.

El campo de fútbol está cerrado pero no dejo que me impida buscar un agujero en la tela metálica, con mucho cuidado paso y la levanto lo más que puedo para que ella no se lastime. La curiosidad en Mabel hace que sus mejillas se tiñan de un rosa un poco pálido que la hace ver preciosa.

- Me encanta esto, Jasper, ¿pero qué vas hacer? ¿No vas a degollarme, verdad?

- No seas tonta. Hay muchos testigos que nos vieron salir. No soy tan tonto para hacerlo.

Ella ríe por la broma pero luego cierra los ojos apenas le doy vuelta y estampo mi cara contra la suya para besarla. Es sorprendente lo mucho que la necesito en poco tiempo y me asusto tanto que recuesto su cuerpo contra la pared y la aplasto lo más que puedo para sentirla. Mabel acaricia mi cabello y lo hala suavemente a medida que el beso se hace más furioso y complicado.

No puedo dejar de pensar en ella y en John que también la ama y tiene muchísima más ventaja.

Mabel deja escapar un suspiro placentero. Los músculos de sus piernas se relajan y yo la tomo del trasero para acercar su vientre a mi entrepierna.

El tenerla y el perderla me empujan a tener que besarla para poder probarme que ella siente algo por mí.

Solo es un corto tiempo. Las esperanzas se van cada vez al diablo y con ello aumenta el deseo de hacerla mía con la ilusión que pueda sentir algo por mí.

Dolorosamente me separo de ella. Mi cuerpo pide oxígeno que sus besos me han succionado. La suelto delicadamente y espero a que se recupere lentamente. Me recuesto en la silla de plástico roja y contemplo el césped verde y brillante. Tomo a Mabel y la siento sobre mis piernas. Su cabeza reposa en mi hombro. Puedo sentir su respiración restablecerse lentamente. El aire caliente de su nariz me hace cosquillas en el cuello.

- Me encanta como besas -dice susurrando al oído de forma provocativa.

Besa mi barbilla y luego mis labios lentamente y sonríe.

- No sé por qué ha sido eso pero… fue fantástico.

- Eso es lo que tú provocas en mí -acaricio su suave cabello.

- Me gustas, Jasper. Es algo que no sé explicar. Todo esto va tan rápido que me aterra.

Mis brazos la estrechan con cuidado.

- Yo también siento lo mismo. Solo que lo mío no es de poco tiempo.

- ¿Cómo? -su cabeza se curva ligeramente hacia la derecha. Me encantan a veces sus muecas infantiles. Es demasiado despistada e inocente.

- Tú me gustas desde hace mucho tiempo, desde el día que te vi no he podido dejar de pensar en ti hasta tal punto que te busqué y te encontré.

- ¿Y por qué nunca me hablaste?

- Estabas de novia con ese niño rico. Parecías pertenecer a un mundo distinto al mío. Ni nuestras clases, ni los amigos eran los mismos. Creo que esa noche fue un tiro de suerte.

- No lo creo. Ese tipo te hacía papilla.

- Eso fue por tu culpa.

- ¿Mi culpa?

- Sí. Jamás pensé verte en ese lugar y menos mirándome fijamente. Fue como si alguien me golpeara sin avisar. Me sorprendió demasiado y luego de tener una discusión con Dan me largué y te conseguí a un lado del camino. Fue suerte.

- O el destino -dice mientras se inclina para besarme de nuevo.

MABEL

Los días pasan volando. El sábado por la tarde, luego de una pelea acalorada con mis padres me fui a casa de Cindy.

Estaba decidida a no dejarme arruinar la noche por culpa de sus discusiones y la insistencia de que regresara de nuevo con Caleb mientras me daban excusas que yo consideraba absurdas. Ellos no podían entender que no lo amaba, ni siquiera lo quería como amigo. Todas las cosas que había hecho sirvieron para aborrecerlo cada día más.

Cindy vive en una de esas casas alquiladas que comparte con otras 3 chicas. Cuando llegué a su habitación vi que ya tenía su conjunto en la cama y todos los accesorios y cremas seleccionados cuidadosamente.

- Estoy emocionada. No puedo creer que por fin vamos al Limbo. He escuchado que es un lugar fascinante y peligroso.

- Lo es -admito dejando mi bolso a un lado de su cama. Me acerco al sofá blanco de peluche y me lanzo sobre él.

- ¿peleaste de nuevo con ellos?

- Caleb le dijo a papá que yo lo estaba engañando

con otro hombre. El muy descarado le contó que salía con un delincuente. Todavía puedo recordar sus palabras llenas de rabia. Jamás lo había visto de esa manera, con sus ojos rojos y el rostro desfigurado por la ira mientras me gritaba e intentaba ponerme una mano encima.

- Mabel, sé muy bien lo importante que es para ti llevarte bien con tus padres, pero no puedes dejar que te manipulen.

- Lo sé. Tienes razón. Todo es muy difícil.

Me he acostumbrado a ser la chica perfecta. La obediente. La niña buena que se preocupa por la felicidad de los demás más que por la suya. Me duele que mis padres no me apoyen ahora que por primera vez en la vida siento amor de verdad por alguien.

Todo esto es una verdadera locura. Pero me enamoré de Jasper de forma tan rápida que me da miedo toda esta cantidad de sentimientos que fluyen por dentro y fuera de mi piel. Verlo todos los días. Sus besos, cada caricia suya se vuleven tan necesaria como el alimentarme o respirar.

Cindy intenta animarme mientras me ayuda a buscar una ropa perfecta para llevar esta noche. Luego de tomarme un baño y untarme crema por todas partes de mi cuerpo me siento y dejo que ella haga lo que desea con mi cabello y la rizadora al ritmo de una música pegajosa que canta a todo pulmón de forma desafinada.

- Ya veo que no enamoraste a Kevin por tu forma de cantar.

- Mis pechos fueron la principal razón, querida -suelta de forma atrevida-. Ahora cierra los ojos y deja que mamá haga magia.

Aunque Cindy se toma su tiempo después de horas ya estamos listas.

- Vaya, deberías dedicarte a esto si las finanzas no se te dan. ¿Crees que le guste a Jasper?

Me doy un giro lento y observo cómo el vestido negro se acopla a mi cuerpo como una segunda piel resaltando la blancura de mis brazos y pecho.

- No lo sé. Es algo corto.

- Es caliente. Lo vas a matar de un infarto cuando te vea.

Kevin nos busca en su auto deportivo y no para de hacernos cumplidos mientras nos abre la puerta, luego besa a su novia y conduce haciendo una parada en un lugar que conoce.

John nos esperaba afuera. Sonríe cundo el auto se estaciona al frente y entra al auto.

- Vaya, estés hermosa esta noche… las dos quiero decir.

- No sabía que vendrías -le digo asombrada por su presencia.

- Kevin me invitó cuando supo que no tenía planes esta noche.

- ¿Te invite? Pero si casi me rogaste para…

Deja de hablar de forma drástica cuando John le golpea la cabeza.

- ¿Qué haces? -pregunto confundida.

- Nada. Es que estoy emocionado. Tenemos tiempo que no hacemos una salida en grupo, ¿no les parece?

- Eso es verdad -mi amiga dice mientras saca del auto una botella-. Tenemos que celebrar por ello. Porque de nuevo estamos saliendo y esta vez no hay un Caleb aguando la fiesta.

Cuando llegamos al Limbo la noche nos recibe con energía. Las personas caminan eléctricas mientras beben o bailan con cualquier música. Casi toda la universidad se reúne esta noche como todas las semanas porque es el único lugar donde tienen completa libertad.

John toma mi brazo de forma caballerosa y junto a él camino buscando a Jasper. Puedo ver que los chicos de chaquetas negras seguidores de Tony se encuentran por todas partes lo que revuelve mi estomago. Sé que él y Caleb se han convertido en muy amigos por eso sería normal que estuviera por ahí.

- Relájate -me dice al oído John.

Está completamente cambiado. Habla poco y me mira de una forma muy diferente a la de siempre.

- ¡Dios sí existe! -suelta Dan al encontrarnos-. Mírense. Menos mal que Kevin no es celoso, por eso puedo decir que tu chica es una bomba esta noche. Y tú -enseguida toma mi mano y me da una vuelta-. Eres una diosa, Mabel. Pero que no se entere Jasper o sino...

- ¿De qué hablas Dan? -interrumpe él sin todavía mirarme.

Nuestras miradas se entrecruzan un instante. Mi corazón late fuertemente y siento dudas. No sé si le gustará mi vestido o como me he maquillado esta noche. Su opinión me importa de una manera que sin creerlo le he dado el poder de hacer lo que quiera con mis sentimientos.

- Estás preciosa -dice. Casi puedo ver como su aliento se tiñe de blanco por su asombro.

Tomo su mano y me acerco hacia lo más que puedo. Beso sus labios de forma rápida por primera vez abiertamente en publico.

- Me matas -susurra a mi oído y hace que los vellos de mi nuca se erizan complemente.

- Esa era mi intención.

Dan empieza a toser a propósito para interrumpirnos.

- No quiero ser el malo de la pelicula pero Jasper tiene que estar tranquilo y sereno para la pelea, Mabel. Así que tendré que tomarlo prestado.

- No la voy a dejar sola -le contesta a su primo.

- No está sola. Estará con ellos. Tienes que entrar al círculo en media hora. Tienes que prepararte.

- No seas ridículo, Dan…

- Está bien. Él tiene razón. Ve. Yo estaré con los chicos.

- Pero… -jasper parece confuso.

- Vamos, Alas de Ángel. No dejaré que le pase nada malo a tu chica -Cindy sonríe.

- Confió en ti -le dice y luego me da un beso profundo que me roba el aliento para marcharse.

- Ese chico es especial, Mabel, no lo vayas a dejar ir.

- Lo sé, ¿por qué no buscamos un lugar? La última vez que vine esto se llenó a horrores.

- No pueden separarse. Este sitio es peligroso - advierte John.

El círculo me trae recuerdos de la última vez que estuve. Las personas se amontonan y esta vez no me siento fuera de lugar porque tengo a los chicos conmigo y también porque dentro de poco veré de nuevo a Jasper enfrentarse a un nuevo adversario.

Todos sacan fajos de dinero para apostar por sus favoritos. Muchos apoyan a Jasper pero también se inclinan por el otro peleador y mientras escucho pequeños debates sobre quien de los dos podría ganar yo sé muy bien que Jasper resultará el ganador de la noche.

Con esa misma seguridad miro al chico de la otra vez que toma un vaso de agua y luego se la pasa a una chica. Camina en medio del círculo. Todos los ojos lo miran fijamente mientras empieza a presentar a los peleadores.

Antes de que Jasper pelee otras tres parejas se dan con todo en medio de la arena con mucha violencia. Pero nada parece significar mucho para las personas que ansiosas esperan a que llegue el verdadero momento.

- Ahora sí -suelta el chico y todos nos quedamos en silencio-. Este es el momento de la noche. En primer lugar tenemos al mismo dios demonio en busca de almas que atormentar. Con sed de sangre ha venido a disputarse el titulo del mejor de la noche, por eso con ustedes Bradley Huesos Wilde.

De nuevo la gente estalla de la emoción cuando un hombre alto y corpulento sale con una capa negra que al quitarla enseña su torso desnudo y su rostro pintado de huesos que brillan en la oscuridad.

Con un gesto engreído camina hacia los bordes del circulo para que todos sus fans lo saluden e incluso un par de chicas le brinquen en brazos e intenten besarlo.

Los seguidores de Alas de Ángel empiezan a corear el nombre suavemente como en su susurros pero luego presos de la emoción lo llaman a un ritmo mecánico, demandando su presencia ahora mismo.

El animador sonríe impresionado que esta vez todo coreen su nombre sin necesitar ninguna presentación fabulosa e inverosímil de su vida.

- ¡Así es! Él no necesita mas presentación. Con ustedes...directamente caído del cielo, Jasper Alas de Ángel Brown.

El mar de voces me deja un instante sorda. Mi garganta no para de gritar junto con Cindy cuando Jasper sale muy seguro de sí mismo y se quita la sábana negra de su cabeza para mostrar sus hermosos músculos y aquellas enormes y preciosas alas tatuadas a su espalda que sin duda le han dado la fama del Ángel Caído.

La emoción me empuja a sonreír. No puedo evitar sentir mariposas en el estomago. Me siento tonta y feliz solamente con verlo.

- Está mirando hacia acá -Cindy me advierte gritando a mi oído.

Mi mano lo saluda nerviosamente. Deseo saltar las cuerdas y correr a besarlo pero me contengo de no hacer el ridículo y dejo que siga en su papel de peleador. La mano de John sin previo aviso toma mi espalda y sube delicadamente por mi cuello. Me giro hacia él y muevo mis hombros como en gesto de pregunta. Sólo gira su cabeza como si no fuera nada y pone los ojos en la pelea.

Jasper sigue aun observándome. Esta vez veo furia que inyecta sangre en sus ojos y cuando empieza la pelea él y Huesos se dan con todo lo que tienen. Su contrincante es rápido y esquiva muy bien los golpes pero no cuenta con que Jasper le da una patada en el pecho que lo hace perder el equilibrio y se desploma en el suelo. En ese momento le mete el pie a Jasper que también se derrumba. Hueso toma un puñado de tierra y la lanza sobre sus ojos para cegarlo.

Mi corazón trata de salirse por la garganta cuando Hueso le golpea en la cara y luego lo patea con todas sus fuerzas mientras que el público grita con dos emociones encontradas. Unos piden la sangre de Jasper y el otro que se levante y le de su merecido a Huesos.

Cindy aprieta mi mano y luego me abraza porque sabe que estoy asustada de que le pase algo a Jasper.

A la distancia Dan grita frenético y empieza a discutir con el animador quien también es el refereri del encuentro. Le reclama por lo sucio de la pelea pero parece que no le presta atención.

Todos gritan su nombre. La gente le invita a levantarse y Jasper logra recuperarse aunque sus ojos permanecen cerrados pero eso no impide que lo golpee en el estómago para sacarle el aire e intuyendo su posición lo noquea con un duro y simple golpe en la quijada que da fin a la pelea.

Todos estallan.

Mis ojos no dejan de estar empañados de lágrimas mientras que las personas corren para abrazar a Jasper y levantarlo como si fuera un ídolo.

- Vamos -Cindy me lleva a través de las personas.

Todos están tan apilados que apenas consigo moverme pero cuando Dan nos ve llegar le obliga a los demás hacernos espacios para que yo pueda llegar y abrace a Jasper con todas mis fuerzas sin querer desprenderme de él. Sus labios besan mi cabello con mucha suavidad. Su cuerpo sudoroso hace que mis brazos se humedezcan pero no me importa.

- ¿Estás bien? -pregunto soltándolo poco a poco.

- Claro que estoy bien. Yo nunca pierdo y menos si estás aquí. Pero deberías soltarme, no quiero arruinar tu vestido con mi suciedad.

- ¡Qué importa! -y lo beso de nuevo porque estaba preocupada que le hicieran daño pues su dolor se ha convertido en el mío de forma instantánea y no deseo verlo sufrir aunque sé que él es fuerte.

- Fuiste fantástico-. Kevin se acerca y golpea los puños contra él-. Hombre le heriste el orgullo a ese tipo, pero se lo merece por tramposo.

- Yo lo advertí, pero al menos nos has hecho rico por una noche -dice Dan.

- ¿En serio? -Jasper lo mira incrédulo.

- Sí y ahora lo que nos toca es divertirnos.

Con esas palabras me separo de Jasper y dejo que se vaya a cambiar. Cindy sigue bebiendo y saltando emocionada cuando ve a unas chicas bailar sobre un automóvil y luego romperlos con un bate de forma violenta.

Junto a Kevin y John la acompaño a recorrer parte del Limbo que no es nada más que un montón de calles llenas de negocios abandonados y puestos ambulantes que venden alcohol y artesanías.

- Fascinante. Quiero bailar y romper este parabrisa con algo.

- Será mejor que la bajes -empujo a Kevin que trata de atraparla.

- Cariño, vamos. Creo que no habrá más bebida para ti esta noche -la toma por el tobillo y mira por debajo de su vestido.

- ¿Qué se te ha perdido? -suelta con voz ronca mientras lo rodea por su cuello y se deja cargar por su novio.

- Creo que es mejor que vayas a casa. ¿Vienen? -nos pregunta Kevin.

- Me quedaré con Jasper -le digo.

- Alas de Ángel. Salúdalo y dale un gran beso de mi parte. Que sea uno así -dice mientras se come la boca de kevin.

- Esa mujer está loca -suelta John-. Y ya veo que te calmaste. Tenías que verte. Estabas casi al borde de nervios.

No hay muchas personas en el sitio. Todos se concentran en una fiesta al aire libre cerca de un edificio donde hay una tarima improvisada y llena de luces y grandes equipos. Al quedarme a solas con John de nuevo hace que tenga esa ligera sensación de que me mira diferente. Sus ojos viajan directamente a mi cara y luego al filo de mi escote.

- ¿Me estás viendo mis pechos? -finjo que me causa risa y no me importa, pero es incómodo.

- ¿Y qué pasa si lo hago? -suelta con voz ronca.

- Soy tu amiga, casi somos hermanos, eso sería como incesto.

- Pero no lo somos. Eso es lo bueno ¿no lo crees? Nunca entenderé cómo es que no te das cuenta, Mabel.

Su respiración se vuelve lenta y su lengua humedece sus labios finos como si tuviera intención de besarme.

- ¿Qué haces? -intento retroceder pero me tiene atrapada.

- Trato de hacer que abras los ojos de una vez y te des cuenta de lo que siento por ti.

- John, no puedes…

- ¿Enamorarme de ti? Es tarde. Muy tarde. He estado enamorado de ti toda una vida y ni si quiera lo notas. No intentes escapar. Por lo menos déjame decir lo que siento…

- No puedo verte como tú quieres. Siempre te vi como un hermano.

- Pero eso fue porque siempre estaba Caleb, pero ahora que te has librado del podemos…-levanta la cabeza como mirando hacia mi espalda y me besa de improviso.

Mis brazos luchan para soltarme. Forcejeo por unos segundos pero es alejado de mí por una fuerza sobrenatural.

Abro los ojos cuando escucho a Jasper delante de mí con sus manos sosteniendo la camisa de John a punto de golpearlo pero mi voz lo detiene.

- No,por favor -trato como puedo de meterme en medio de ambos. Agarro los brazos de Jasper. Ellos están tensos pero se calma cuando le ruego que lo suelte. Jasper sin mirarme simplemente se va, intento seguirlo pero John me detiene.

- Mabel yo…

- Será mejor que te vayas, John.

Corro persiguiendo a Jasper. El tamaño de mis tacones me interfiere por la calle mal asfaltada y llena de agujeros. Grito su nombre pero está tan molesto que se niega a escucharme hasta que al fin lo alcanzo.

- Jasper, no sabía. Lo juro -le digo tratando de calmarlo.

Jasper niega con la cabeza. Parece que no pude creerme lo que le digo. Se aleja un par de pasos y luego respira profundamente mientras ordena sus pensamientos.

- Júrame que no sabías nada, Mabel.

- No, lo juro, Jasper. Yo no tenia ni idea.

- Pero es que es tan obvio. Ese tipo te desea. Se nota a distancia. Cualquier idiota puede darse cuenta.

- ¿Qué quieres decir? ¿Soy yo una tonta? Discúlpame por obligar a John a que se enamore de mí.

- No es lo que quiero decir, no me mal entiendas.

- Tú eres el que me está mal entendiendo.

- No… bueno sí. Perdón, solo es que no me gusta él.

Jasper se acerca y me toma entre sus brazos. Sus brazos me envuelvan fuertemente y yo hago lo mismo. Descanso mi cabeza en su pecho y cierro mis ojos para aspirar su delicioso aroma.

- John es mi amigo. Nunca podré quererlo de otra forma -admito un poco extraña.

De nuevo recuerdo la cara de John y el dolor de su mirada por culpa de mi rechazo.

- Pero eso no evita que te quiera -suspira y me da un beso.

- Jasper -mi tono es de advertencia.

- Lo siento. Solo es que no me gustó que te besara. Yo soy el único que puede hacerlo -dice sonando como un niño.

- Bien, llévame lejos de aquí para que puedas seguir besándome -le digo en una sonrisa.

- ¿Intentas seducirme?

- Estás en lo correcto -me acerco lo más que puedo e introduzco mi lengua en sus labios y espero a que chupe los míos con salvajismo. Me gusta cuando se desespera y comienza a besarme el cuello, succionando toda mi piel.

No puedo evitar cerrar mis ojos y dejar escapar un pequeño gemido al tiempo que sus manos aprietan mi trasero y lo masajean con desenfreno.

- Jasper, quiero estar contigo, ahora.

Recibe Una Novela Romántica Gratis

Si quieres recibir una novela romántica gratis por nuestra cuenta, visita:

https://www.librosnovelasromanticas.com/gratis

Registra ahí tu correo electrónico y te la enviaremos cuanto antes.

JASPER

No puedo evitarlo más.

Me quito la cazadora y la coloco sobre ella mientras la guío hacia mi motocicleta. Yo quería que esto fuera especial, hacer algo que fuera digno para ella pero todo mi autocontrol desapareció al escuchar su suplica en una voz baja y ronca que me erizó la piel.

Manejo a toda velocidad y la llevo al único sitio que conozco.

Mi departamento es pequeño pero al menos ahí nadie nos interrumpirá y yo seré libre de tenerla como me apetezca desnuda y enredada a mis sábanas. Ambos subimos al primer piso. En el camino no puedo contenerme y la beso en medio del pasillo. El sonido de nuestros besos puede que alerte a los vecinos pero me da igual porque me siento urgido de llegar a su interior.

La empujo justo frente a mi puerta y recorro la curva de sus muslos suaves y aterciopelados. Con sus brazos alrededor de mis cuello sujetándose aprovecho para buscar las llaves y luego de un par de problemas por fin la abro.

Ahora no tengo ningún problema. Ya no hay nadie que impida que esta noche Mabel sea mía de todas las formas posibles.

El ruido de sus tacones y sus movimientos sigilosos para saltar sobre mí y besarme provoca el dolor mas placentero que pueda haber tenido mi entrepierna. Sus dientes halan mi labio inferior y gruño dentro de su boca preciosa.

Las cosas de mi habitación están como las he dejado y pienso que era un alivio haber cambiado mis sábanas esta misma tarde. Tomo su pequeña cintura y la aprieto, eso logra en ella un respingo y me besa con mas ferocidad.

Su cuerpo blando contra el mio se siente tan bien que puedo seguir besándola infinitamente aunque hay partes de mi cuerpo que desean probarla. Por eso busco en medio de la oscuridad el cierre fino y delicado de su vestido y mientras pruebo su lozana piel cremosa deslizo aquel cierra que cubre el cuerpo más precioso que puedo haber visto. Con solo una mirada logra que me congele cuando observo el pequeño brasier negro y transparente que me enseña sus pezones completamente enrudecidos.

- Maldición- jadeo extasiado por esa pequeña imagen.

- ¿Qué haces? no te quedes ahí mirando -sus ojos acuosos me miran mientras me quita la chaqueta y luego la camiseta blanca.

Toda ella es una lujuria incontrolable.

Mis pantalones y zapatos vuelan en la habitación. Su mirada baja a mi entrepierna dura por su culpa y suelta una malévola sonrisa que me impulsa de nuevo a tomarla. Los dos nos hundimos entre el colchón blando. Su cuerpo se acopla con el mío . Ella es pequeña y perfecta y mientras beso sus firmes y redondos pechos escucho como un par de gemidos salen de su boca sonando como una música melodiosa y salvaje que acelera mi corazón.

Me deslizo tras un camino de besos a su vientre y me detengo en medio de sus muslos. Puedo sentir el calor que emana dentro de ella, su aroma dulce que me grita que debo probarla a medida que deslizo la pequeña tela humedecida por sus piernas para besarla ahí dentro y ver como su cuerpo se retuerce del placer mientras no deja de gritar mi nombre y a medida que lo hace una fuerza frenética me golpea.

Sus dedos aprietan mi cabello, lo tiran tan fuerte que me hace daño y tengo que detenerme. No puedo evitar ver su rostro enrojecido y avergonzado. Mabel intenta disculparse pero no se lo permito. Me gusta que pierda el control, que me provoque con sus insinuaciones y sus caricias mientras exploro todo mi cuerpo. sus manos rodeando mi miembro y deslizándose suavemente mientras la beso.

- Jasper, por favor -suplica dejándose llevar por el delirio.

- Lo que tú quieres -susurro y luego muerdo el borde de su oreja ligeramente.

Su reacción es clavar las uñas en mi espalda. Y es fascinante. Me gusta que me haga daño si eso la hace sentir placer. Con urgencia busco en el cajón al lado de mi cama un preservativo y lo desempaco lo mas rápido que puedo. La adrenalina impide que pueda coordinar mis movimiento. Siento como si fuese mi primera vez con una chica. Pero no cualquier chica. Esta es mi primera vez con Mabel Collins y tengo que ser especial, inolvidable.

Ella impaciente me toma el rostro y me besa de nuevo. Me encanta su lengua y como lucha con la mía para ver quién de los dos es mejor, pero me gana.

Siento como su respiración acelera cuando ve que es el momento. Su instinto la invita a separar sus piernas y me invita a hundirme en ella, primero suave y luego rápido. Más rápido. De forma enloquecida. Solo quiero que grite mi nombre. Que me pida más y más. Quiero que Mabel clave sus uñas en mi carne mientras sus piernas me rodean mis caderas a medida que la embisto hasta lograr que sus gemidos se vuelvan obscenos y grandes y su rostro tenga una ligera capa aperlada con su sudor que me descontrola. La oleada de calor nos cubre a los dos. Siento como su cuerpo convulsiona suavemente hasta que deja escapar un gran grito que provoca una explosión en mi cuerpo hasta desplomarme sobre el suyo.

Su pecho se mueve furiosamente de arriba abajo pero va calmándose poco a poco. Todavía sigue de noche pero hay suficiente luz para ver su hermoso rostro agotado a mi lado. Tomo un trozo de su cabello y lo acaricio. Beso sus labios suavemente porque necesito tener una prueba de que esto no ha sido un fabuloso sueño y que pronto iba a despertar y ella ya no estaría a mi lado.

Se mueve ligeramente a mi lado. Me encanta observar las delicadas curvas de sus caderas y la pequeña y fina cintura que ha apretado hace unos instantes y sonrío.

- ¿Qué? -suelta sin poder entenderme.

- No tienes ni la remota idea de las veces que soñé esto -con cuidado tomo la ligera sábana y cubro su desnudez.

- ¿Eso qué quiere decir? ¿Tenías algunas

expectativas? -pregunta insegura.

- No… bueno sí… -mi lengua se traba con las palabras- … La verdad la has superado todas.

Sus ojos se abren sorprendida. Luego suelta una risa suave y ronca que me encanta. Ella no tiene ni la remota idea de lo que me fascina, cómo me enloquece su sonrisa y me mata su mirada.

- Para ser un chico rudo puedes ser algo torpe a veces -su cuerpo se acerca el mío y siento la fricción suave de sus pechos.

- Y tú para ser tan inteligente te has fijado en mí.

- ¿Por qué lo dices? No es nada malo estar contigo. Todo lo contrario. Me encanta.

Simplemente la adoro pero no puedo estar de acuerdo.

- No sé si sea lo mejor para ti -suelto de pronto y tengo miedo que su cuerpo se deshaga entre mis manos.

- Eres lo indicado, lo que necesito. Eres perfecto.

- No. Tú eres perfecta, aunque dices que no sabes bailar y simplemente lo haces como si fueras una criatura de otro mundo.

- Exageras. Mientes solo para llevarme a la cama.

- Noticia de última hora. Ya estás en mi cama -me deslizo hacia ella. Su cabello se encuentra completamente desparramado en mi almohada mientras me inclino de nuevo para besarla.

MABEL

Mi teléfono no deja de sonar.

Esa canción que me encantaba se vuelve completamente molesta para mí. El sonido taladra en mi cabeza hasta producirme una horrible migraña que me hace abrir los ojos.

Los rayos del sol que se cuelan en la ventana tuestan mi rostro. Me giro suavemente y veo un par de alas enormes en su espalda musculosa. La impresión detiene mi respiración. El recordar lo que pasó anoche entre nosotros es completamente vergonzoso y me hace sentir feliz como si estuviera flotando en el aire sin tener miedo a caerme y estrellarme.

Mis dedos reaccionan y acaricio aquel enorme tatuaje, su hermosura me hace pensar sobre a cantidad de dolor que ha soportado para poder portarlas.

Mi teléfono suena de nuevo. No puedo evitar soltar una palabrota porque no lo encuentro. Me levanto con la sábana sobre mi cuerpo y admiro el suyo completamente desnudo y perfecto que yace hacia un lado de la cama.

La vista me hace sonreír.

- Atiende de una vez y vuelve a la maldita cama. No te irás tan fácilmente   después de que me costó tenerte.

Consigo mi teléfono debajo del vestido. Lo tomo y me fijo en el número. Es de mi casa. A esta hora de la mañana solo significa problemas. Lo sé.

Jasper me rodea por la cintura y me lleva de nuevo a la cama cuando contesto.

- ¿Niña? -la voz de Gertrudis suena preocupada.

- Sí, ¿pasa algo? -intento mantenerme seria pero él desliza la sábana para desnudarme mientras besa mi hombro con cuidado.

- Sí. Es su padre, niña. Tuvo un infarto esta mañana en el trabajo.

- ¿Qué? ¿Cómo está?

- Afortunadamente, bien. dicen que fue solo por la presión. Tú sabes que es un viejo amargado que nunca para.

- Gertrudis -suelto desesperada.

- Sí. Esta en la clínica. Ve con él. Sabes como es tu mamá que no sabe lidiar con estas cosas, por favor.

- Por supuesto.

Siento un dolor grande en mi pecho y sin decir nada Jasper me abraza mientras trato de calmarme.

- Te llevo -me dice besando la mejilla y recogiendo su arrugada en el suelo.

Me entrega mi vestido. Me lo coloco con presteza. Necesito llegar rápido y volver con papá rodeado en medio de todos esos doctores. La culpa hace estrago en mi mente. Yo he peleado con él un día antes. Ambos de nuevo discutíamos por lo mismo y ahora está en una cama por culpa de un infarto.

Me agarro con fuerza de Jasper para no caerme y también porque tengo miedo de ir. Desde el fondo yo sé que todos van a tener problemas con Jasper. Ël no cumple ninguno de los requisitos establecidos por mis padres para aceptarlo.

Con mis piernas moviéndose corro lo más que me da el cuerpo hacia la recepción. Pregunto por el nombre de mi padre y una mujer joven que no deja de ver a Jasper me da el numero de la habitación.

Ambos caminamos hacia el ascensor repleto de personas hacia el tercer piso. Toma mi mano y me regala una mirada de apoyo que tanto necesito. A su lado me siento segura cada momento, solo espero que mis padres se fijen en eso y no en esa apariencia rebelde que lo caracteriza.

La puerta con las letras doradas que marca el número 203 está frente a mí. Me detengo incapaz de dar un paso para seguir adelante.

- Tengo miedo -le digo sin mirarlo.

- Todo está bien. Yo te esperaré aquí. Ve.

Tomo aire cargándome de valor. Empujo la puerta. Escucho el pitido de una máquina y mi padre conectado a ella es incapaz de separarse de su teléfono.

Eso me hace sentir más tranquila. Luce fuerte e imperturbable. Ni el peor terremoto lograría derrumbarlo nunca.

- Deberías estar descansado -le digo mientras me acerco a besarle la mejilla.

A pesar de estar enojado acepta mi beso. Luego me mira con reproche cuando ve el modelo de mi vestido que es tan corto que no deja nada para la imaginación.

- ¿Puedo saber donde estabas?

- Papá, no empecemos ¿sí? Estoy preocupada por ti. Pensé que me dejarías sola y eso me angustia demasiado.

- No tanto como dices. Porque entonces no te estarías comportando como lo haces, Mabel. Estás simplemente cambiada. Rompes tu compromiso con Caleb. Te escapas de casa. Peleas con nosotros y ahora vuelves vestida de esa forma tan desvergonzada y todo por culpa de ese rufián ¿acaso sabes con quién andas? Ese tipejo es de lo peor, Mabel. Tiene antecedentes por peleas callejeras. Su madre bebe y se droga. Servicios sociales los separó y vivió un años con ellos pero tuvieron que deshacerse de él por culpa de su violencia.

- ¿De qué hablas? ¿lo estás investigando? - retrocedo aun sin creer lo que dice.

- Ese chico no es bueno para ti.

- No lo sabes, Papá y no puedo creer lo que has hecho, lo investigaste ¿Quién te dio ese derecho?

- Soy tu padre y quiero lo mejor para ti -grita.

- ¿Qué es lo mejor para mí? ¿Casarme con Caleb? ¿vivir una vida donde tanga que ser una esposa obediente y aguantarme todos sus desplantes e infidelidades? ¿Eso es lo que quieres?

- Hija, es por tu bien. Caleb es de buena familia. Él te dará la vida que te mereces ¿Qué puedes esperar de ese otro? ¿vivir en un piso asqueroso de una habitación? ¿Qué te golpee cuando se de cuenta de que es un frustrado bueno para nada?

- Tú no lo conoces.

- sí. Más de lo que quisiera. Él no es bueno. Al menos Caleb tiene dinero. Pude hacer todo lo que tu…

- Detente -le suplico.

- ¿Qué pasa? -mamá abre la puerta agitada. A su lado una enfermera y Jasper se quedan detrás de ella-. Los gritos se escuchan hasta el pasillo. Que vergüenza. La enfermera me ha dicho que los calme.

- ¿Qué hace ese aquí? ¿Me quieres terminar matando? -pregunta el mientras señala a Jasper con desprecio.

- Me trajo para poder verte y se llama Jasper. Deberías saberlo.

Ambos nos retamos. Siento como la sangre hierve en este momento. Trato de calmarme pero ya es demasiado de su parte.

- Que se vaya. Vamos. No quiero a esa escoria cerca de mi hija. Mary, sácalo de mi vista.

Muerdo mis labios. Con grandes zancadas me alejo de su habitación y de su mala actitud. Simplemente es imposible y no cambiatá en la vida. Jasper se acerca y solo cuando siento su pulgar en mí mejilla me doy cuenta que estoy llorado y temblando presa de la rabia. Dejo que sus brazos me envuelvan y me dejo consolar.

- Esto es...lamentable -dice Caleb llegando junto a su madre.

- Sinceramente, no puedo creer esto de ti, Mabel -suelta ella mirándome con indignación.

- No se meta señora -suelta Jasper.

- Deja a mi madre en paz -Caleb da un paso adelante dispuesto a enfrentarse a él pero yo lo prohíbo.

Cierro los ojos. No deseo seguir escuchándolo, solo

quiero quedarme abrazada de Jasper hasta que el dolor desaparezca.

- Esto es inaudito. No sé qué crees que haces, pero algún día te arrepentirás, Mabel. Mas rápido de lo que piensas volverás a suplicarme para que volver conmigo.

- Cierra la boca o te ganarás mi puño en la cara, imbécil -dice Jasper.

- No, por favor.

- ¿Todavía, siguen? -pregunta mamá saliendo de la habitación-. Cariño. En serio si tú y tu amigo solo van a traer problemas, será mejor que entonces se larguen.

- Lo haré, mamá -ni siquiera quiero tratar con ella. Mamá es igual o peor que papá y a estas alturas ya me siento cansada de discutir con ambos.

Sin decir mas nada me voy como todos piden con Jasper apretando mi mano. Solo su calor y compañía hacen que este momento sea soportable y tranquilizador. Sin darme cuenta se ha convertido en alguien importante en mi vida y no permitiré que nadie pueda separarnos.

- Lo siento no quería que dijeran todas esas cosas.

- ¿Cuáles cosas? -sus labios besan mi cabello mientras me regala una abrazo.

- No te hagas el tonto, Jasper. Todo el hospital

escuchó nuestra discusión.

- Me da igual lo que piensen de mí. Solo me importa lo que piensas tú.

Hay confusión en su mirada.

- Yo pienso que eres maravilloso. Los dos tienen que aprender a aceptar mis decisiones y no voy a permitir que me manipulen de nuevo.

Su mano toma la mía y besa el dorso mientras la sostiene entre sus dedos. De nuevo me besa una vez mas pero su silencio me tortura. De pronto el chico seguro de sí mismo, el muchacho que me hacia reír con sus tonterías está ausente de momento y en su lugar dejo a este otro Jasper distraído y callado.

La angustia de no poder leer sus pensamientos me tortura. Quiero que me diga lo que siente, que pueda desahogarse como lo ha hecho aquella noche cuando me contó lo de su madre.

JASPER

No soy lo suficientemente bueno para ella. Ese pensamiento es el único que taladra mi cabeza mientras me desquito con ese viejo saco de arena. Cada golpe deja fluir un instante de rabia y todas las ganas de partirle la cara a ese imbécil de niño bonito y a su padre porque ellos tienen razón.

Yo no soy lo que ella necesita. Lo sé y el saberlo me mata porque me he enamorado de ella.

Ya han pasado dos días enteros y como un cobarde me refugio en la pequeña bodega debajo del restaurante de Dylon.

Las gotas de sudor resbalan por mi cara. Mis nudillos aúllan de dolor a la vez que muevo con todas mis fuerzas el saco suspendido en el aire.

- Ella pregunto por ti. Está preocupada -me dice Dan.

Mi silencio le da la espalda. Me detengo y tomo la toalla para limpiar mi piel pegajosa. Tomo del pequeño envase toda el agua que puedo y sigo con lo mio.

No dejaré que Dan se convierta en la maldita voz de mi conciencia.

- Deberías dejar de meterte donde no te llaman.

- Y tú deberías llamarla. La estas lastimando

mientras la ignoras y desapareces del mundo.

- Quizás sea lo mejor para ella -escupo amargamente.

- Te comportas como un cobarde, jamás pensé que tuvieras miedo de enfrentarte a una chica. Ella piensa que todo esto es su culpa, Jasper. La estás...

- Cierra la boca. Ya te lo he dicho. Odio que te metas en mis cosas. Deja a Mabel en paz. No quiero saber nada de ella ¿lo entiendes?

- Lo que entiendo es que te comportas como un cretino.

Por primera vez veo que Dan se quede frente a mí. Sus ojos y los míos se encuentran y puedo ver las chispas cuando se encuentran nuestras miradas. Las venas de mi cuerpo se marcan por la presión. Me está tentando a sacar la furia que sigo conteniendo adentro y si no se aparta sufrirá todas las consecuencias.

Dejo el saco de arena y tomo mis cosas. En estos instantes deseo usar su rostro en su lugar. Mis puños arrugan la tela vieja y sudorosa de su camisa. No quiero pelear, no quiero hacer nada que después haga que me arrepienta pero insiste y por primera vez en mucho tiempo se comporta como un hombre y me enfrenta.

- Nunca pensé que fueras de esta manera. Hay que

ser estúpido para hacerle daño a ella.

Lo sé, lo sé. Yo mas que nadie sabía que lo que dice es cierto. Que solo un perdedor podría hacerla llorar, solo un imbécil desaparecería sin explicarle nada.

- ¿Qué es lo que pasa aquí? -pregunta Dylon interrumpiendo.

Mis nudillos se relajan al soltar a Dan. Es un alivio que Dylon interrumpa en este momento o le hubiera partido la madre a ese imbécil entrometido.

¿Por qué tiene que meterse en mi rollo? Esto es mi problema, mío y de ella. No necesito que nadie me ayude y me diga lo que hacer.

Regreso a mi departamento y tomo una larga ducha. Con días como este lo único que me provoca es salir y andar todo el día en mi motocicleta. Solo ella y yo lejos de los problemas, del mundo que nos rodea.

Trato estar lo menos posible en mi habitación. Todo me la recuerda. Me hace respirar su fragancia, escuchar su risa y ver su delgada silueta desnuda en mi cama.

Con las llaves en mis manos bajo en busca de la motocicleta. Camino un par de metros y me detengo. Mis ojos se empequeñecen de la rabia, trato de enfocar su figura, aquella forma desgarbada que se acerca en busca de condescendía.

- Jasper -apenas puede gesticular mientras cae entre

mis brazos.

Deseo dejarla caer pero no puedo. No me atrevo a hacerlo y me resigno a que ella tendrá que seguir conmigo por el resto de mi vida. Aurora es mi sombra, mi problema y el principal recordatorio de que Mabel no será mía.

- No tengo dinero -suelta en medio de las lágrimas. No le importa que la gente observe cuan derrotada se ve. Ni siquiera es consciente de que tiene el labio partido y el ojo oscuro producto de una pelea.

- ¿Quién fue? -pregunto ignorando lo demás.

Ella me importa. Aunque la odie, aunque me avergüence de Aurora, aun ella sigue siendo mi madre y eso no cambiará.

- Jasper. Por favor, hijo. Me muero de hambre. En la casa no hay nada que comer y tú tienes días que no vas. Extraño a mi hijo.

- ¿De dónde vienes, Aurora? ¿Cómo es posible que te acabes el dinero en tres días?

- Fueron unos amigos a casa. No podía rehusar recibirlos.

La sangre caliente golpea mi cara como una bofetada. Simplemente quiero gritarle, hacer que abras sus ojos y vea el horrible estado en que se encuentra. Con su piel marcando sus huesos y los bordes de su ropa insinuando una desnudez que pudo ser hermosa en otros tiempos.

Dejo que suba a mi departamento. Busco un par de huevos en la nevera, los hago y se los sirvo con pan caliente y algo de café. La dejo en la cocina atiborrándose del desayuno mientras busco una de mis camisas largas que al menos servirá para que se quite la suya rasgada y mal oliente.

Me dentego desde mi cama y no paro de observarla. Sus ojos brillan de la emoción de poder comer después de quien sabe cuántos días. Sus uñas filosas rozan sus orejas mientras guarda los mechones gruesos y pajizos de pelo negro detrás. Ella tiene prisa, lo veo en su mirada, en esa sonrisa llena de satisfacción mientras sacia su apetito.

- Gracias -dice al finalizar.

- Ten, esto. Toma una ducha y luego nos iremos.

- ¿Adónde? -pregunta mientras la atrapa en el aire.

- Al súper y después a casa.

- Gracias, Jasper... -ella se detiene. Veo algo diferente en sus ojos pero no sé muy bien que es-. Eres un gran hijo a pesar de tener una terrible madre.

La puerta suena suavemente. Cansado me arrastro a ella y la abro. Mabel esta aquí.

Agito mis parpados con la esperanza de que solo sea un juego de mi imaginación pero su imagen solida se queda inmóvil mientras espera para que haga el primer movimiento. Repentinamente sus ojos se van hacia la puerta del baño. El agua cae como gotas de lluvia que se estallan contra la cerámica burda.

Mi mente intuye lo que ella piensa. Su rostro es cristalino y refleja la muestra de decepción que se hace mayor cuando sale mi madre de la ducha con la camiseta pegada a su cuerpo humedecido.

- Hola -saluda confundida a Mabel pero no hace más que ser una espectadora de este momento incómodo.

Sé que Aurora es mayor, que es mi madre pero solo ruego que mantenga su boca callada y deje pensar a Mabel lo que su imaginación le está dictando.

- Hola -ella reacciona tres segundos después-. Queríahablar contigo, pero veo que no puedes...

- Sí puedes -Aurora se precipita, la toma con sus manos arrugadas y la lleva al interior-. Mucho gusto, soy Aurora, aunque me imagino que mi hijo no te ha hablado de mí.

- ¿Su madre? -pregunta confundida y yo maldigo por dentro.

No puedo evitar fulminar a mi madre con la mirada y a cambio solo recibo una sonrisa pícara de su parte. ¿A qué diablos está jugando?

Ella es inteligente y no le costó nada intuir lo que pasaba y como siempre se adelantó a cada uno de mis pasos.

- ¿Te habló de mí? -su voz estalla de euforia y no puede evitar abrazar a Mabel que sigue incómoda e inmóvil-. No puedo creerlo. Pensé que Jasper nunca hablaba de mí con sus amigos. Eso me hace sentir especial ¿Cuál es tu nombre?

- Mabel.

- Sí que es precioso, al igual que tú. No sabía que mi hijo tuviera gustos tan finos con sus novias.

- No soy su novia.

No puedo evitar sentirme como escoria.

- Perdón. Yo no tenía idea. A veces suelo ser algo indiscreta, cariño. Lo siento mucho, de verdad.

- No se preocupe, señora. No quiero interrumpir su tiempo en familia. Lo mío puede esperar. Lo siento, mucho.

Y lo hace.

Ahora que Mabel ha a mi madre espero comprenda cómo de verdad es mi mundo y las cargas que siempre voy a llevar en mi vida. Espero que con esto ella comprenda que lo nuestros solo fue una equivocación y con algo de esperanza deseo que me odie y aborrezca por siempre.

- Se nota que es buena chica. ¿Por qué no vas por ella? Se nota realmente que quiere hablar contigo.

- Tengo que llevarte a comprar cosas ¿lo olvidas?

- Ella parece más importante. Puedo verlo en tus ojos, Jasper.

- ¿Qué puedes saber tú de eso? No me conoces.

Aurora baja la cabeza mientras deja caer su ropa sucia en el suelo.

Soy un bastardo por ello.

- Lo sé.

Allá va la segunda mujer que lastimo en un mismo día.

- Espera, yo te llevo.

- No, Jasper. Quiero caminar sola.

MABEL

Estúpida. Simplemente estúpida. Debería darme vergüenza ir al departamento del hombre que lleva ignorándome dos días completos. Mi dignidad se encuentra ofendida y golpeada y todo porque he vuelto a aquel departamento en busca de arreglar las cosas.

Las palabras de mis padres han sido muy duras. Sobre todo para alguien como Jasper. Yo me di cuenta enseguida que todo lo que había escuchado le hizo mucho daño pero él está decido a no dejar traspasar esa barrera para sanar sus heridas.

Me siento un momento dentro del auto. Dejo las ventanas medio abiertas con la esperanza de que así Jasper corra detrás diciéndome que nada de esto importa.

Pero no bajó.

Suelto una risa amarga. ¿Qué tan patética puedo ser? Mi conciencia esta dividida en dos partes en este momento. Una quiere que lo mande al diablo, que me haga respetar y deje de estar rogándole. Pero la otra, esa es la que más me preocupa. Ella me grita que le de más tiempo, que espere a que las aguas se calmen para poder hablar con él con la esperanza de que me de una oportunidad con lo nuestro.

Unos golpecitos a mi ventana me hacen sonreír. Enseguida todo cambia a frustración cuando veo a esa mujer delgada saludándome.

- Tienes que querer mucho a Jasper para esperar por él aquí afuera.

- Sólo…

- No me des explicaciones, cariño -ella sonríe de la misma forma que lo hace su hijo. Hay dentro de ella algo atractivo e hipnótico que te hace no querer dejar de mirarle-. ¿Me llevarías a casa?

- Claro. Adelante.

Aurora se sienta y se da una mirada al espejo retrovisor. Escanea con mucha minuciosidad las ligeras curvas de sus arrugas y sus hinchados labios. Sus dedos suavemente palpan aquel ojo ennegrecido y se queda por un momento perdida en sus pensamientos.

- Soy un absoluto desastres. Vivo cerca del centro. Por la avenida 15 ¿sabes dónde queda?

- Sí.

- Disculpa a mi hijo, por favor A pesar de verse como un hombre guapo, fuerte y seguro, es un poco acomplejado y todo es por mi culpa.

- No creo.

- Lo es. Yo soy la culpable de todo lo que le pasa. Me odia porque no luché por él cuando se lo llevaron. Lo sé. Pero lo hice por su bien, lo juro. Sabía que si seguía conmigo yo podría corromperlo y quizás fuera otro tipo de persona a la que es. Todos los días le agradezco a Margaret y a Dylon por cuidarlo, por sus mentores, sus segundos padres y darles un hogar que yo misma le había negado por mi egoísmo. No valgo nada.

Se cubre el rostro con las manos. Su cuerpo tiembla a medida que rompe en llanto mientras se desahoga conmigo. A través de sus palabras poco a poco todo remordimiento fluye dolorosamente haciéndole mucho daño y me hace comprender que ella jamás le ha contado esto a nadie.

- Me duele pero puedo aceptar que mi hijo me odia.
- No, no la odia, señora.
- Sí, lo hace. Me odia y se avergüenza de mí. Lo noté hace unos minutos. Vi como su cara de vergüenza se enrojecía. Buscaba un sitio donde hundir su propia cabeza porque no quería que me conocieras.

Me orillo con cuidado. Saco del compartimiento una caja con toallines y se la ofrezco.

- Soy una carga pesada que siempre tendrá que llevar. Soy débil, no puedo con todo esto. Nunca pude desde que su padre nos abandonó.

Estiro mis brazos y la rodeo. Ella me recuerda a una estatua de sal que se puede deshacer con sus lágrimas. La textura áspera de su cabello hace cosquilla en mis manos pero aun así lo acaricio para reconfortarla.

- Él la quiere. A pesar de que diga cosas duras sé que por dentro todavía la ama, señora. Solo tiene que darle tiempo para que sane sus heridas y demostrarle que desea cambiar.

- No sé como hacerlo. No tengo voluntad.

- Sí puede. Se lo aseguro. Solo tiene que hacerlo por usted y luego por él. Demuestre que puede lograrlo y si quiere puedo ayudarla.

- ¿Lo harías?

- Por supuesto. Conozco una par de personas que estarán gustosas de darle una mano, pero solo si usted quiere cambiar. Piénselo muy bien y cuando esté lista llámeme.

- Vales oro, Mabel -doble cuidadosamente el papel que le doy y lo coloca dentro de su brazier. Luego se mira al espejo y seca todas sus lágrimas-. Por cierto, no me digas señora, me haces sentir más vieja de lo que me veo.

- Está bien.

Después de la charla ella solo quedó un poco más repuesta. De pronto puedo ver determinación en sus ojos y una fuerza que pensé que no tenía.

Antes de llevarla a su casa hacemos una parada para comer algunos alimentos y luego la dejo en el sitio donde una vez Jasped creció junto a ella.

Aurora me sonríe, se acerca y me da un gran abrazo de despedida.

- Gracias, Mabel, has hecho que me sienta un poco mejor. No dudes en venir a verme cuando quieras. No me haría mal tener visitantes y así podría enseñarte unas fotos del torpe de mi hijo cuando era un bebé. Era una verdadera monada.

- Me encantaría -acepto emocionada.

- Por cierto, la próxima vez no busques a Jasper vestida de esa forma.

- ¿A qué se refiere?

- Esa no es la forma correcta de ganarse la atención de un hombre, cariño. Puedo ver que tienes un muy buen material debajo de toda esa tela y mi Jasper es un hombre, todos son muy básicos si sacas tus propias cuentas.

- Yo...

- No tienes por qué sentir vergüenza. Solo digo. Para la próxima buscas algo llamativo. Con eso estoy segura de que no será capaz de rechazarte.

JASPER

Todos están a mí alrededor. Ellos me aclaman, desean conversar conmigo, pelean por mi atención y aun así me encuentro solo.

No puedo dejar de pensar en Mabel. Fue a mi departamento y yo me rehusé a seguirla comportándome como un cobarde.

Desde el principio nunca fue mía. Yo lo sabía. Sabía que todo lo de nosotros solo sería algo momentáneo, un instante pasajero que se esfuma junto al viento.

Una chica me pasa amablemente un refresco. No la conozco pero sé que ella a mí sí pues no para de sonreírme mientras degusta con mucha delicadeza el trago para provocarme. De medio lado inclina sus pechos para que pueda tener un vista y luego cruza sus piernas mientras está sentada en el sofá dejando al descuido el borde de su falda más arriba de donde debería estar para mostrar sus grandes curvas.

- Gracias por la cerveza -me siento a su lado, mi peso cae justo al lado de ella. Dejo descansar mi brazo en la orilla del sofá, justo muy cerca de su espalda y sonríe.

- Pensé que tenias sed. Por cierto, mi nombres es Vicky.

- Jasper -suelto mientras tomo su mano con cuidado y la estrecho suavemente.

- Lo sé. Todos aquí saben quién eres.

Claro que lo sabían. Todos tenían idea de mi existencias. Todos conocen mi nombre, mi apodo, lo que soy capaz de hacer con mis golpes.

Por los suaves movimientos de Vicky intuyo que ya esta completamente dispuesta para todo y sin pensarlo me acerco y la beso mientras dejo que mis manos exploren.

Da igual. El sentimiento es bueno pero vacío. No surgen esas profundas ganas de abrazarla mientras me deslizo por el medio de sus piernas. Mi miembro reacciona, eso sí pero solo es una reacción obligatoria porque en este momento no la deseo a ella, solo quiero tener a Mabel conmigo y apretarla contra mi cuerpo a la vez que ella me pide que la haga suya.

Siempre esta Mabel. No importa lo que haga, yo no puedo sacar de mi cabeza la sensación de sus uñas clavándose en mi carne, el agradable sabor de su saliva mientras nuestras lenguas chocaban o sus deliciosos gemidos que se hacia música para mis oídos.

Los dedos de ella están dentro de mi pantalón. Esa es la señal. Me levanto y dejo que me rodee del brazo para alardear. Ambos hacemos un camino en medio del río de personas que se mueven en medio de las luces brillantes, atravesando el pasillo donde una habitación nos espera.

Al día siguiente siento los estragos en mi cuerpo.

No soy muy fan de la bebida y aun así, bebí como si el mundo se fuera a acabar. Pero era necesario, solo de esa manera era mucho mas fácil afrontar la ausencia de Mabel. Tengo que ser fuerte y esperar que con el tiempo pueda superarla.

Mabel Collins no se supera tan fácil.

Veo mi reloj. Ya es tarde y tengo que ir a la universidad. Voy al baño, me quito lo más rápido que puedo todos los resto de la noche anterior. Cuando salgo veo a Dan aun adormilado en el sofá. Apenas puede verme. Todavía sigue enfadado conmigo luego de nuestra discusión.

Esta vez se siente muy raro. Siempre discutimos pero por alguna razón no va a ser tan fácil el que podamos arreglar nuestras cosas. Al menos que yo tenga que hacerlo. Es mi hermano, la única persona que ha estado conmigo en las buenas y en las malas.

- ¿Te llevo? -pregunto sin saber cómo hacerlo.

- No, gracias. Me saltaré el día de hoy.

- Dan, yo...

- Por dios, ¿no tienes ni idea de cómo hacerlo? ¿Verdad? -hay mucho de burla en sus palabras.

- soy un cretino-admito.

- Y un imbécil, está bien, dejemos esto de esa manera.

- Gracias -lo digo sinceramente.

- ¿Y ahora qué? ¿Me darás un abrazo y un par de besos?

- Aún puedo golpearte. Mueve tu trasero. Iremos a clases.

En la universidad todo sigue viéndose igual. Las clases son las misma, las personas se comportan de la misma forma pero aun así ahora siento que me faltaba algo que he encontrado con Mabel y que sin ella me hace sentir perdido.

Evito el comedor a toda costa. También intento no tropezarme en los caminos donde sé que ella aparecerá y ni aun si puedo evitar tropezar con ella por todos lados. Siempre sonriendo, siempre hablando como si de pronto ya me hubiera superado. Me pone furioso esa sensación.

Deseo que se aleje. No quiero ser un obstáculo para su vida. No deseo hacerla sentir tan infeliz por mi culpa como lo fue en ese día y ahora que, solo la veo que esta como si yo jamás hubiese existido me provoca un dolor terrible.

Soy un maldito egoísta. Lo acepto.

Mabel conversa con un par de chicos. Ellos dicen algo y sonríe como solo ella lo sabe hacer. Parece que el sol se escapara por su boca cuando estira sus labios para dibujar una sonrisa. Esa es la risa sincera que tanto me gusta.

John interrumpe la reunión. Se acerca, besa su mejilla como si le perteneciera. Quiero ir hacia allá enseguida y tomarla, apartarla de él y del mundo.

- Deberías hablar con ella -Dan dice a mis espaldas.

- ¿Acaso no aprendes?

- No hagas esto difícil, Jasper. Se quieren. ¿Por qué resistirse?

- No lo entiendes.

- ¿Lo dices por aquello de las clases sociales? ¿sabes en que época estás? Eso es solo estupideces. Mabel es una chica inteligente, a ella no le importa nada que no poseas una fortuna como la de ella. Si eso fuera importante, jamás se hubiera acercado a ti ¿no lo crees?

Doy un giro rápido. Dan retrocede y me hace sonreír.

- No te haré daño -suelto burlón por su miedo hacia mi.

- Es la costumbre -suelta aliviado-. ¿Qué vas a hacer?

- Hablaré con ella.

Tomando fuerzas en mi interior solo camino confiado de que todo se arreglará.

Cindy es la primer en verme llegar. Siempre lo hace mientras que Mabel apenas logra darse cuenta de mi presencia. De pronto los ojos de Mabel se fijan en mi. Dudo un momento si esto es buena idea. Después de todo me he escondido de ella. La he ignorado y para ella, seguro que soy el mas grande de todos los imbéciles.

- Hola -saludo.

Cindy no evita arrugar su rostro. Después de todo dejé de ser su mayor estrella, no la culpo. John también no parece muy feliz de que esté aquí, pero me da igual.

- Hola, amigo -Kevin esel único que parece alegre al verme.

- ¿Cómo están todos? -pregunto sin saber más que decir.

- Felices antes de que llegaras -Cindy suelta sinceramente.

Me volteo para ver a Mabel. En realidad no sé qué es lo que quiere decirme su rostro. Solo me mira fijamente. ¿Me odia? No la culpo.

- Quería saber si podíamos…-no me da tiempo de nada porque en este momento unos brazos me rodean y de pronto el demonio vestido en rojo estampa un beso brutal sobre mí.

Apenas si me da tiempo a reaccionar.

- Jasper, cariño. Te he estado buscando toda la mañana ¿en donde te has metido?

- Vicky -suelto a punto de estallar.

- Oh, no me di cuenta que no estabas solo. Soy Vicky, la novia de Jasper -se presenta de manera imprevista.

- Oh por dios -suelta Cindy sin poder creerlo.

- Pues, claro que… -intento negarlo pero de nuevo Vicky me besa y esta vez es tan intenso que casi parece una escena porno.

La aparto de mí. Le quiero dar una explicación a Mabel que sigue inmóvil sin decirme palabra.

MABEL

No lo puedo creer. Ella solo saltó y lo besó. Lo marcó como un ganado mientras observaba asombrada.

Conservo mi compostura. John no se despega de mi lado y está decidido a seguirme mientras avanzo lo mas rápido que puedo por los pasillos.

Nunca pensé que esta traición me doliera mucho más que la de Caleb.

- ¿Estás bien? Te llevaré a tu casa.

- No -suelto corriendo hacia mi auto.

- Vamos, Mabel. No seas terca. Deja que te lleve. No quiero que conduzcas de esa forma.

- ¿De qué forma?, estoy bien, John. Déjame en paz.

- ¿Por qué? Deja que te ayude.

- Quiero estar sola, John, por favor.

- Mabel -Jasper llega rápidamente. Su frente está sudorosa y sus ojos me miran de una manera que siento que me voy a derretir.

Me obligo a darle la espalda. Me niego a seguir mirándolo y perdonarlo. No caeré en su juego una vez más. Busco mis llaves dentro del bolso pero por alguna razón se niegan a aparecer.

- Largo. Ya has hecho suficiente -John dice furioso.

- Tú no te metas. No entiendes nada. Mabel si me deja...

- Basta Jasper. Solo cállate y déjame en paz. Ahora soy yo la que no quiere saber de ti -al fin las encuentros y las aferro a mi mano.

- Puedo explicártelo todo, solo necesito que me des una oportunidad -su mano busca tocarme pero John se lo impide.

- ¿Acaso no escuchas, amigo?

- No soy tu amigo, idiota -y solo le golpea en la cara. John se desparrama en el suelo. Su labio sangra, sus ojos en Jasper. La venganza descompone su cara mientras se levanta y le da en el estómago. Ahora los dos se golpean como unos primates mientras todos se reúnen a su alrededor como si fuera un gran espectáculo que no dura mucho tiempo porque Jasper solo lo deja en el suelo completamente derrotado.

- ¿Qué te sucede? -pregunto empujándole con mis propias manos. Corro hacia John, sostengo su cabeza mientras que su mano temblorosa atrapa la mía-. Vete Jasper.

- No -su brazo me sujeta fuerte. Me hace daño. Jasper me arrastra hacia mi auto y me deja ahí adentro mientras conduce a toda velocidad. Intento abalanzarme contra él pero está más fuerte que yo y solo me empuja con su brazo.

- Detente, Mabel. En serio.

- ¿También me harás daño?

- Sería incapaz, solo quiero hablar contigo. Decirte que fui un cretino y que…

- Sí, que eres un cretino ¿Qué crees que hacía? No tienes que atacar a John de esa manera.

- Se lo merecía. Siempre está detrás de ti y no para de tocarte.

- Pero tú sí puedes tocar y besarte con otras chicas.

Clavo mi dedo en la herida y no me importa porque quiero que Jasper se dé cuenta en lo mucho que me hace sufrir con toda su actitud.

- Estoy cansada de todo -digo mirándole a la cara pero el solo me ignora y mantiene la vista fija en la carretera.

- John no es tu amigo. Solo quiere acostarse contigo ¿acaso no lo entiendes?

- Él no es como tú.

- Por favor, Mabel. Él es hombre.

- Tú también.

- Exacto, ¿pero quieres saber cuál es la diferencia entre él y yo?

- Él no es un cretino.

- Tú te mueres porque lo haga.

- Por favor, eres un verdadero idiota ¿lo sabes?

- Sí. Estoy de acuerdo. Fui un idiota ¿acaso crees que no lo sé?

- Siempre lo olvidas.

- Sólo porque cuando estoy contigo me siento diferente.

No sé qué quiere decir con ello, pero puedo sentir como aquellas palabras son suficientes para que mi temperatura se eleve. Intento mirarlo de reojo. Luce tranquilo y con su labio hinchado por los golpes. Los nudillos de su mano derecha están de nuevo enrojecidos.

- Lo cierto es que no quise ignorarte. De verdad espero que me perdones porque fui un cobarde estos días. Pero no podía darte la cara, no después de escuchar a tu padre.

- ¿Qué fue lo que te hizo creer que yo sería como él? Yo nunca te demostré otra cosa que no fuera que me gustaras por como eras.

- Lo sé. ¿Qué puedo hacer para que me perdones?

- ¿Qué haces? -pregunto mientras me fijo dónde estamos aparcando.

El automóvil se aparta de la carreta y entra a una especie de matorral.

- No hago nada que no quieras. Solo deseo que podamos hablar como personas adultas.

- Yo soy adulta, tú por el contrario…

- ¿Me vas a condenar por ello?

- Tú mismo lo haces. Te condenas por cosas que de verdad no me importan. No me importa que tengas apellido grande o una fortuna o que seas Alas de Ángel Jasper. Me gustabas porque simplemente eras tú, genuino y divertido… torpe.

- ¿Y ahora? ¿Qué vas hacer ahora?

¿ Por qué simplemente no me dejaba estar enojada con él?

Mi cerebro tiene un debate entre insultarlo o saltarle encima y derrumbarlo con mis besos. Las ansias de que Jasper me toque son terriblemente fuertes. Cualquier fuerza de voluntad que pensé que podría tener ahora mismos es derrumbada por su delicado beso.

Mi cuerpo cae rendido ante él. He perdido y de la peor de las maneras, ni siquiera me ha dado tiempo de rectificar. No hay necesidad de aquello porque lo amo. Amo profundamente a Jasper y la idea de seguir sin sus besos me flagela el alma.

- Pero ¿Qué paso con esa Vicky? -abro mis ojos de golpe.

- ¿Qué importancia tiene? -resopla malhumorado.

- Esa chica llegó y te besó. Casi te traga en medio de toda la universidad.

- ¿Estás celosa?, fue el peor de mis errores, Mabel -

de nuevo se acerca a besarme pero mis brazos bloquean su intento.

- No puedo. De verdad -suelto otra vez enojada.

- Te dije que solo fue un error.

- No lo sé, Jasper. No quiero pensar que cada vez que peleemos tú vas a ir a cometer muchos errores ¿sabes por qué deje a Caleb?

- Porque no lo amabas.

- Antes de eso; estaba harta de que me engañara siempre. Yo sabía que cuando decía que iba con sus amigos a su noche de chicos era su forma de engañarme.

- ¡Espera!, ¿noche de chicos? Eso suena tan femenino.

Suelto un pequeño grito de irritación y él se aleja.

- ¿Eso es lo que te importa?; deberíamos dejar esta conversación. De verdad no puedo con esto, Jasper - digo mientras me bajo del auto.

Estiro mis piernas. Intento ubicarme pero no conozco esta parte de la ciudad. A mi lado la carretera y al otro solo pequeños árboles secos y puntiagudos que ocultan una vista pintoresca de la ciudad.

- Aún no hemos terminado -me dice tomándome de la mano y arrastrándome al borde del hermoso precipicio.

El viento mueve con suavidad su cabello. Siento de

pronto como todo lo de afuera se ha desvanecido dejándome a solas con él en este mundo.

Es una idea agradable que me hace sonreír. Yo y Jasper solos en el mundo.

- No iremos a ningún lado hasta que me perdones, Mabel. Te amo. Desde la primera vez que te vi te he amado, aun sin conocer tu nombre o quien eras. Y sí, cometí un error con Vicky pero fue porque pensé que no debíamos estar junto pero ahora sé que no es así. No me importa un comino lo que piensen tus padres o el resto del mundo. Te amo.

Dos palabras. Solo dos palabras y tienen un poder inmenso que derrumba todo un muro que tenía contra él. Mi cuerpo palidece y el calor que aumenta en mi pecho y mi vientre. Solo dos palabras que mandaron al diablo mi orgullo.

Jasper se inclina a mi rostro sin darle tiempo de darle mi respuesta y me besa intensamente, provocando una enorme descarga eléctrica que viaja como ráfaga por mi interior.

Dos palabras. Te amo.

Es la primera vez en mi vida que aquella diminuta frase puede sacudir mi mundo. Por eso enterré mis dedos en su cabello y devoré su boca hasta quedarme sin aliento. Mi corazón martillea mi pecho y hace que mi sangre fluya caliente por el resto de mis arterias.

- ¿Qué estamos haciendo? -le pregunto cerca de su oído.

- A esto se le llama sexo de reconciliación -suelta chupando mi labio superior.

El lugar es tan pequeño que apenas podemos movernos y en sus intentos de quitarse la camiseta provoca que Jasper golpee su cabeza contra el techo, lo que me hace reír y su venganza es morder con suavidad la carne de mi hombro mientras que sus manos se deslizan traviesas por las curvas de mis pechos. Esa sensación ocasionada por sus dedos rústicos me obliga a pronunciar un leve gemido.

La temperatura de mi cuerpo se eleva. De pronto siento la necesidad de que esta vez yo tome el control de la situación y con las pocas fuerzas que tengo lo obligo a pegar su espalda a su asiento mientras me coloco encime de él. Inclino mi espalda suavemente y beso de nuevo su boca y aprieto sus labios hasta hacerle daño.

- ¿Qué intentas hacer? -pregunta mientras que su aliento se escapa de su boca y empaña los vidrios del auto. Me regala una mirada intensa y cautelosa que me excita.

- Silencio, solo quiero abusar de ti.

Siento la necesidad de palpar debajo de su abdomen poderoso y me deslizo de arriba hacia abajo hasta llegar hasta la línea gruesa de su bragueta para abrirla enseguida. El tamaño del bulto entre sus bóxer hace que contenga mi respiración, mi mirada se empaña a medida que froto su entrepierna y observo como cierra sus ojos y disfruta de aquella dulce tentación mientras que yo me siento una extraña pervertida que desea seguir quemándose con el fuego que emana su cuerpo.

Deslizo rudamente el ruedo de mi minifalda hacia arriba y sus manos halan sin contemplación la telas elásticas de mis bragas. El sonido de ellas colocan mi piel de gallina. Lentamente mientras yo sigo jugando con su miembro, Jasper recorre mi interior suavemente hasta hundirse y formar pequeños círculos adentro hasta que completamente lista aparta sus manos y las mías y me siento sintiendo el máximo placer a medida que me nuestras pelvis luchan. De mi garganta se escapan ruidos que se elevan a toda prisa mientras que Jasper sube e mi camisa para besar mis pechos desnudos sin dejar de mirarme.

Sus ojos negros me desafían, me invitan a seguir disfrutando mientras mi espalda se contrae del placer doloroso de sus embestidas que cada vez son más rápidas y fuertes hasta que al final me hacen perder completamente el sentido y quedarme quieta entre su pecho. Cansada, recuperando mi respiración y la calma reposo mi cabeza entre su pecho mientras siento como su corazón intenta suavizar el ritmo.

- Simplemente eres perfecta -dice besando la coronilla de mi cabeza.

- Te amo, Jasper -suelto aunque la vergüenza invade mi rostro.

Él intenta decir algo más pero unos nudillos golpean fuertemente la puerta de mi auto. Mi instinto primeramente es cubrir mi desnudes con mis brazos mientras Jasper voltea la cabeza y preguntaba quién es.

- La policía, amigos míos.

JASPER

La habíamos regado. Ahora los dos esperábamos por separado en la fría celda de la estación. Ni siquiera me ha dado tiempo de nada antes que esos imbéciles pusieran sus sucias manos sobre mí. Pero al menos a ambos le quedó completamente claro que con Mabel nadie se metía. Nadie podía tocarla y verla, es por eso y por aquella advertencia que le he dado a ambos cuando le rompí la nariz a uno de ellos.

Sé que Mabel no está muy contenta, pero es necesario. Hay veces que la violencia es suficiente para que las personas puedan entender mejor las cosas.

- Te conozco -suelta el hombre sentado en una esquina-. Tú eres ese chico... -sus dedos rascan su cabeza mientras intenta recordar de donde me ha visto.

- Tengo una cara muy común.

- No. Ya recordé. Maldito Alas de Ángel. ¿No te hizo perder un apuesta este imbécil?

- Sí, el cara bonito me hizo perder hasta mi casa - gruñó otro sujeto.

- Su esposa le dejó -soltó el otro mientras tronaba

sus nudillos.

- No es mi culpa que tu esposa se diera cuenta de que eres un imbécil.

Ya sé lo que piensan. Yo no puedo tener oportunidad con dos hombres que son el doble que yo en peso y tamaño, pero la verdad es que sí puedo. Años atrás había enfrentado a rivales más grandes y fuerte. Ellos solo son basura.

Cada músculo se tensa. Puedo olfatear el olor a pelea. Yo quiero pelea.

- Hey, ustedes tres. Dejen el alboroto -suelta uno de los guardias mientras agita las llaves en sus manos-. Tú, cara bonita. Han pagado tu fianza.

- Me las pagarás -suelta el imbécil mientras le doy la espalda.

Apenas coloco mi pie fuera de la reja observo a Mabel correr hacia mí. Me aprieta mientras deja que la rodee con sus brazos.

- Lindo, trasero, nena -suelta uno de los presos mientras que los otros no dejan de silbar y gritar cosas más obscenas.

- Mejor larguémonos antes de que les parta la cara a estos imbéciles.

Cuando subimos las escaleras hacia las oficinas veo a Dan y sus padres esperando por nosotros. Mabel aprieta mi mano mientras nos acercamos hacia ellos.

Yo no paro de observarlos a los dos y me toma desprevenido cuando él se acerca y abofetea a su hija. El sonido de la carne dilata mis pupilas y me enloquece. Mi instinto grita que lo golpee pero el brazo de Dan y la voz de Mabel me frenan.

- ¿Qué intentas hacer, muchacho? -pregunta su padre con la mano en sus bolsillos. Aquel anciano se cree perfecto mostrándose con su traje costoso y aquella estúpida cara de grandeza.

- Intento no partirle la cara ahora mismo.

Ambos nos retamos con la mirada. El viejo arruga su ceño seriamente. Puedo sentir el odio, su desprecio.

- Por favor, que vulgar -suelta la mamá de Mabel mientras la lleva hacia ella-. Y tú. Debería darte vergüenza. Jamás pensé que a mi hija la apresaran por… ni si quiera puedo decirlo, Mabel ¿sabes lo que eso afecta a nuestra familia?

- Lo siento, mamá…

- Ningún lo siento ¿no piensas en nosotros, en tu padre? Él se acaba de recuperar de un infarto pero tú solo quieres provocarle otro. No te conozco. eres otra desde que sales con este… muchacho.

- Se llama Jasper, Mamá -suelta pero ella templa su cabello para hacerla callar.

- No la toque, señora -digo sin controlar mi tono de voz.

- Por favor, Jasper -me suplica con la mirada.

Yo quiero dar un paso y arrebatarla, pero Dan me bloquea el paso con su mano sobre mi pecho antes de hacer algo.

- Silencio, viejo -dice entre dientes y me impide ir por Mabel cuando ella se larga con sus padres.

- ¿Qué crees que haces? -suelto furioso por dejarla ir como así.

- No es momento de hacer nada ¿has visto dónde estás? Y sus padres... ellos se notan que son poderosos y un dolor de trasero ¿Qué crees que hubiera pasado si le tocas un cabello? Estoy seguro que tu trasero hubiera permanecido permanentemente en la cárcel.

- Al menos le enseñaría a respetar a su hija.

- Las cosas no son de esa manera. Intenta que las cosas se calmen un poco ¿bien?

No puedo. No quiero quedarme con los brazos cruzados mientras veo como se la llevan arrastrada como si fuera una cosa que no vale nada.

- Tengo que ir a su casa.

- Nunca aprenderás ¿cierto? ¿Sabes qué? Me da igual. Nunca me escuchas, pero si vas a verla iré contigo ¿bien? No quiero que hagas una locura que te haga regresar de nuevo a la cárcel.

- Eres una molestia-le digo subiéndome a la moto.

No miro hacia atrás. El peso en mi motocicleta me dice que se ha subido y sin perder el tiempo solo conduzco sin descanso hacia aquella otra parte de la ciudad.

No dejo que el brillo de las casas me deslumbre, ni que se su belleza me grite que jamás podría tener a Mabel conmigo. Yo confío en sus palabras, en que ella me ama.

- ¿Es aquí? Rayos, sí que te has sacado la lotería con ella.

- ¿Quieres mi puño en tu brazo? -me bajo, aparco mi motocicleta con cuidado.

- ¿Ni la cárcel te cambia? Deberías ser un hombre diferente -dice divirtiéndose de mi mal humor-. ¿Cuál es el plan?

- Llamar -suelto-. Tu teléfono.

- Que tipo poco romántico. Deberías saltar la barda y la ventana de su habitación.

Llamo a su teléfono pero sale apagado. Tanto su teléfono como el mío están completamente sin batería.

- Te lo dije; vamos, me muero por ver como es esta casa por dentro.

No hay más opción. Los dos buscamos un lugar perfecto donde nadie pueda mirar y trepamos el largo muro que da hacia la enorme mansión. Con las cabezas gachas atravesamos el ancho jardín de arboles hacia la casa. Todas las luces están encendidas y los ventanales son exactamente los mismos.

- ¿Alguna idea de donde vamos?

- No.

Rodeamos hacia la parte de atrás. Una puerta enorme de cristal se encuentra entre abierta. No lo pienso dos veces y me infiltro con cuidado para no ser atrapado pero no me doy cuenta que una mujer bajita y regordeta está observándome mientras prepara una bandeja con comida.

Mi corazón sube a la garganta. Realmente sé que si ella grita todo estará acabado.

- Linda cocina -dice Dan antes que pudiera evitarlo.

- ¿Quiénes son ustedes? -pregunta la mujer dulcemente. Me inquieta aquella tranquilidad en sus palabra-. ¿Tú eres Jasper? Sí, eres guapo, pero no tanto.

- Oiga no, no lo soy.

- Ah, ya decía yo, pueden seguirme. Creo que a la niña le alegrará verlos.

Como perros falderos vamos a sus espaldas. No puedo dejar de quedarme fascinado por la opulencia del lugar. Cada jarrón, cada cuadro o mesa o silla cuesta mucho más que mi motocicleta y departamentos juntos.

La señora toca la puerta de la habitación de Mabel pero solo se escucha silencio como respuesta.

- Niña, por favor. Ábreme la puerta.

- Déjame en paz, Gertrudis.

- Tienes visitas -intenta persuadirla.

- Si es Caleb dile que se regrese por donde vino. No voy hablar con él.

La anciana suspira y rueda sus ojos.

- Aquí hay dos guapos que quieren hablar contigo y uno parece ser tu Jasper.

Más silencio. La puerta se abre y Mabel apenas puede creer que estoy en su habitación.

- ¿Qué hacen aquí? -pregunta arrastrándonos a su enorme espacio.

Mis ojos se agranda cuando veo cada pequeño detalle que tiene su nombre. Su aroma proviene fuertemente, me gusta este lugar, todo me recuerda a ella. Desde la sábanas verdes con bordados pasteles hasta las fotos de ella de pequeña vestida de princesa.

- Eres horrendamente rica -Dan se lanza en su cama y prueba la suavidad de su colchón.

- Basta -le digo pero a ella le parece divertido.

- Mira, tienes tu propia televisión, ya me imagino la cantidad de juegos que puedes ver en ella.

- Bueno... yo los dejo a solas -la mujer dice dejando la bandeja a un lado del tocado de madera blanca.

- Tú también -le digo a Dan señalando la salida.

- ¿Por qué? Quiero ver qué canales tiene este bebé.

- Mi habitación tiene una igual a esa -Gertrudis dice en la puerta.

- ¿Acaso me intenta seducir?

- No eres mi tipo, cariño -suelta ella coquetamente.

- Dale algo de comer, por favor -Mabel le dice amablemente mientras cierra la puerta detrás de ella. Luego corre hacia mí con todas sus fuerzas para lanzarme a su cama y besarme.

Yo la sujeto por la cintura, deslizo poco a poco mis manos por debajo de su camisón de algodón mientras me dejo llevar por sus besos. Abro mis ojos, quiero mirarle pero lo primero que veo son a dos cosas horrendas y esponjosas que parecen que nos observan con sus ojos rojos.

- ¿Qué? -pregunta Mabel intentando seguir con lo nuestro.

- No puedo, no con ellos -señalo a esos conejos gordos de peluches que están a un lado de su cama.

- Eso tiene solución -se estira para darles un suave golpe y lanzarlos al suelo luego me besa pero me separo de ella-. ¿Qué pasa?

- Quería saber cómo estás.

- Bien -de pronto evade mi mirada. Mabel se sienta a su lado de la cama y no se da cuenta que la tira delgada de su hombro se desliza hacia su brazo.

Como puedo me arrastro a su blando colchón de plumas. No puedo aguantar la tentación y la beso ligeramente en su hombro. Me encanta ver como sus músculos tensan, y suave piel translúcida se eriza por mi tacto.

- Eso no es estar bien. ¿Qué pasó?

- Lo de siempre. Papá enloqueció. Me dijo que era una vergüenza para ellos. Insiste que Caleb es mi futuro y más ahora que estamos en bancarrota...

- ¿Cómo?

- Sí. Es por eso que quiere que me case con Caleb. Tiene la esperanza de que su familia nos brinde ayuda y pueda salvar su tonta empresa. Papá quiere prácticamente venderme a ellos.

- ¿Qué piensas hacer? -ni si quiera sé por qué hago esta pregunta, pero quizás sea porque deseo saber cuál es su opinión. Después de todo Mabel está acostumbrada a un mundo mucho más grande y alejado al mío.

- ¿Cómo qué voy hacer? ¿Todavía sigues dudando de mí, Jasper Brown?

Se ve preciosa cuando hace cierto mohín infantil al enfadarse. No puedo evitarme reír y eso le molesta.

- No le veo lo gracioso.

- Tú eres lo gracioso, casi sonaste a Margaret regañándome. Jasper Brown -imito su voz con un tanto chillona.

- No seas un idiota -me empuja pero soy más ágil que ella y con un solo movimiento estoy encima de su pequeño cuerpo viendo como sus hermosos pechos están saliéndose del borde del camisón.

No puedo evitar besarla. El hecho de que no tenga sujetador y que sus pezones se transparenten en la tela me impulsa a seguir besando donde hace nada lo estaba haciendo. Cada movimiento tentador de su parte me invita a jugar con ella lentamente. Quiero follarla en su cama y borrar cualquier rastro de su infancia que se quede resguardado en su habitación en este momento.

- Mabel -unos golpes fuertes en la puerta nos separa. Mabel tapa con su boca un pequeño grito mientras observa la puerta sacudirse por los golpes de su padre.

- Tienes que esconderte -dice arreglándose su camisón.

- ¿No lo dirás enserio?

- En serio, allí abajo -señala bajo de su cama.

- No somos unos niños -replico enojado.

- Lo sé ¿acaso no quieres continuar lo que

estábamos haciendo?

Su mano en la cadera y esa cruel sonrisa fueron motivos suficiente para perderme en medio de la oscuridad debajo de su cama.

Los graciosos pies descalzos de Mabel se acercan y abren la puerta. Veo dos pares de zapatos que entran sin pedir permiso a su habitación y ella suelta un chillido por ello.

- ¿Qué hace él aquí? -pregunta mientras va corriendo hacia otro lado.

- Por dios. Niña. Vístete -la voz de su padre le ordena-. ¿Por qué te vestiste de esa forma?

- Es mi habitación. Hago lo que se me dé la gana en ella, papá.

- Pero es mi casa.

- Pero no me importa -insiste sin dejar de pelear.

- No se preocupe, la verdad no me incomoda. Esta no es la primera vez que la veo de esa manera.

Aprieto mi puño al reconocer aquella voz. Caleb, el imbécil niño lindo. Respiro profundo para así no salir debajo de la cama y partirle la cara. Podía imaginarme sus ojos puesto en Mabel, en aquellas partes en las que yo mismo me fijé hace rato y me enfurece.

- Los dejare a solas. Tienen muchas cosas de que hablar; trátalo bien, Mabel.

- ¿Qué haces aquí? -pregunta ella manteniendo la distancia.

- Vengo hablar contigo. Me enteré lo que te sucedió. ¿Qué te pasó? Tú no eras de esa manera, Mabel. Aquel gorila estúpido te ha cambiado.

- Aquí el único gorila estúpido eres tú y será mejor que te vayas. Ya te dije todo lo que tenía que decirte, Caleb.

- Sí. Te escuché. Me odias por lo que me viste haciendo. Por favor, Mabel. Madura. No eres una niña. Deberías aprender que así son las cosas. Es normal en los hombres cometer esa clase de errores. Pero si quieres que me disculpe lo haré.

- Puedes meterte tus disculpas por donde quieras, no las necesito.

- ¡Qué boca! ¿Eso es lo que aprendes con ese sujeto? ¿Sí sabes que solo eres pasajera, no? A ese patético Ángel no le duran las mujeres, cariño. Tu solo eres una mas en su lista.

- Y tú no deberías meterte donde no te llaman o…

- ¿O qué? ¿me vas a mandar a ese charlatán de novio? No le tengo miedo, puedo acabar con él.

No puedo aguantar. Intento salir pero el pie de Mabel me roza la mejilla. Sé que es su señal para que me quede oculto sin hacer nada. Pero no importa. Sé que más tarde ese niño rico me las pagaría.

- Tú eres la que debería tenerme miedo y temblar. No me conoces, no sabes de lo que soy capaz de hacer y aunque no quieras tarde o temprano volverás conmigo.

De repente se hizo un silencio tenso que fue roto por el golpe de lo que pienso es una fuerte bofetada. Caleb retrocede con la respiración agitada.

- Todavía me encanta el sabor de tus labios -fueron sus palabras antes de salir de su habitación.

Esta vez intento ignorar a Mabel y correr detrás de él.

- Se atrevió a tocarte -intento contener mis gritos llenos de impotencia.

- Basta, Jasper. Hoy han sido suficientes peleas.

- Pero Mabel -no digo nada más. Solo lo empeoro mientras ella se lo pasa bastante mal.

MABEL

Ahora que Jasper y yo hemos regresado no dejaré que lo nuestro se destruya tan fácilmente.

Todavía me duele que mis padres no lo acepten y peor aún, que no lo crean digno de mí por no poseer un apellido rimbombante y una mansión que pueda equivaler a toda las riquezas del mundo. Ellos tienen que entender que esta es mi vida y yo elijo como vivirla. Solo yo puedo tomar decisiones con respecto a mi futuro y ninguna bancarrota, ningún compromiso de años podrán acabar con ello.

- ¿Qué se siente estar en la cárcel? -es lo primero que me pregunta Cindy cuando me siento a su lado en el salón de clases.

Las personas no dejan de observarme y susurrar a mis espaldas. Se que más de la mitad sabe que John y Jasper se pelearon en el estacionamiento por mi culpa y el resto ya sabrá o se encargará de difundir sobre mi arresto.

- Baja la voz -le imploro.

- Bien ¿entonces?

- Es horrible ¿todos lo saben?

- No se para de hablar de eso por las redes. Son unos verdaderos sin vergüenzas. Nunca pensé que tú hicieras algo como ello.

- Y yo que se regaran tan rápido los rumores.

- ¿Qué esperabas? sales con una estrella local. Deberías acostumbrarte.

Resoplo algo molesta:

- ¿Sabes algo de John?

- Estará bien. Solo tiene el orgullo y el corazón heridos por tu culpa, pero su nariz sana rápido -mi mirada le reprocha el comentario y ella solo me sonríe-. Sólo bromeaba. Pero él estará bien. Te quiere y es capaz de perdonarte todo.

Intento creerle pero no sé si es cierto. En el fondo me duele dejar mi amistad con John. Son muchos años de conocernos y no quería pelearme con como lo he hecho con Caleb. Durante todas las clases no puedo evitar sentirme observada. Todos de verdad hablan sobre la pelea y el hecho de que la policía me encontrara con Jasper en el auto. Hay muchas emociones encontradas para mi persona. Muchos creen que soy una zorra mientras que Jasper es el mejor por hacerlo en un lugar público.

Al dirigirme al comedor me tropiezo con John. Una venda adherida en la nariz y el labio hinchado no dejan de impresionarme. Mi cabeza se queda en blanco. No sé qué decirle en estos momentos pero me siento de verdad apenada por todo lo que ha sucedido. Bajo mi cabeza, intento seguir derecho pero su voz me detiene.

- Mabel, espera. Quiero hablar contigo.

- Lo siento, John -es lo primero que digo mientras me regala una sonrisa.

- ¿Seguimos siendo amigos? -pregunta mientras la duda hace brillar sus pupilas.

- Sólo si quieres.

- No hay nada que desee más que eso.

- Entonces almuerza con nosotras -le pido.

- ¿No habrá problemas con él? -dice señalando a mi espalda a Jasper.

Yo le arrojo un beso en el aire sin poder evitarlo. Me encanta esa forma pausada al caminar con esa seguridad haciendo que todos los demás estén fuera de su alcance.

Jasper me sonríe pero deja de hacerlo cuando ve a John a mi lado. Todos los demás se mantienen en silencio. Sé que esperan de nuevo una pelea y más razones para decirme zorra pero no me importaba.

- Tendrá que aceptar que eres y serás mi amigo -le seguro con mucha confianza mientras que el brazo de Jasper me rodea por la cintura.

- ¿Sucede algo? -pregunta con cautela.

- John almorzará con nosotros -le digo mientras le regalo una mirada de advertencia.

- Mejor para otro día, Mabel. No hay que forzar las cosas; nos vemos luego -dice despidiéndose.

- ¿Qué paso? -pregunta Jasper rodeando mi hombro.

- John es mi amigo, Jasper ¿lo entiendes? -suavizo el todo de mi voz mientras caminamos por los pasillos.

Su pecho se endurece mientras suspira profundamente. Sé que le molestaba todo este asunto de John y yo. Lo podía entender porque si estuviera en su lugar sentiría lo mismo.

- Yo soy feliz cuando eres feliz. Si dice que ese sobador es tu amigo lo aceptare ¿bien?

- Eres encantador ¿te he dicho que te adoro?

- En este momento me interesa que me lo demuestres -sus brazos rodean mi rostro y me besa intensamente.

- Ho… tel -Dan tose la palabra mientras se incorpora a nuestro lado.

- No seas imbécil, vamos a almorzar, muero de hambre.

En la mesa de siempre los tres acompañamos a Cindy y a su novio para comer. Me resulta impresionante como mi amiga pasó de idolatrar a Jasper a odiarlo y luego otra vez creerlo como si fuera una estrella famosa en poco tiempo. Es divertido ver como no deja de sonreír y hablar torpemente con él mientras comemos.

Dan siempre que puede suelta alguna cosa vergonzosa de Jasper y este lo amenaza con golpearlo. La conversación va fluida hasta que una llamada de Jasper cambia absolutamente todo el ambiente.

No sé quién es pero queda lívido al contestar.

- ¿Qué quiere? -pregunta de pronto irritado y aleja sus ojos de los mios para así evitar que pueda descifrar lo que maquina su cabeza.

Dan deja de hablar de pronto. Todos nos quedamos en silencio y Jasper trata de ignorar nuestros rostros interrogantes a medida que sigue conversando.

- Tiene razón -su ceño se arruga ligeramente.

Yo tomo su mano y la acaricio con suavidad tratando de que pueda relajarla pero es imposible.

- ¿Sucede algo? -pregunto con preocupación.

- Nada. Solo alguien que me reta a una pelea.

- No te creo -respondo fríamente.

- Sí, lo es y por cierto, se me hace tarde ¿vamos, Dan?

- Ah, sí -dice captando un mensaje que no logra descifrar.

- Entonces Dan puede saber lo que pasa pero yo no.

- Ya te lo dije. Solo es eso ¿Por qué no me das un beso antes de irme?

- Porque se te hace tarde -le recuerdo mientras me cruzo los brazos y escucho el dulce sonido de su suspiro.

- Nos vemos depués -siento sus labios en mi cabello y una especie de presentimiento que me asfixia cuando se aleja.

- Vamos, Mabel. No seas dramática -Cindy dice burlona.

- No es ser dramática, Cindy. Solo no me gustó como esa llamada cambio el humor de Jasper. Es algo malo, lo sé.

- Sólo es paranoia. Estará bien ¿Qué puede pasarle a Alas de Ángel? Está bendecido por el cielo.

- Bueno -Kevin interrumpe-. Su lema es que viene caído del cielo y eso quiere decir que está maldito.

- Cariño, cierra la boca. No la ayudas para nada.

Jasper

- ¿Me lo vuelves a repetir? -pregunta Dan mientras se baja de la moto.

- El papá de Mabel me llamó. Quiere hablar conmigo. El lugar está bastante alejado. No entiendo por qué pero ese sujeto me ha citado aquí para hablar sobre su hija. La verdad que no me importa ni un comino lo que opine sobre mi relación con Mabel pero esta situación será perfecta para que le pueda decir que no se meta en mi camino.

- No lo sé. Esto me huele a trampa -Dan dice observando a un lado el triste y vacío callejón.

- No le temo a ese señor.

Un auto negro con vidrios oscurecido se aparca a un lado de nosotros. La puerta trasera se abre lentamente y ahí esta frente a mí.

El papá de Mabel es casi de mi misma estatura pero aun así se ve débil y acabado después de ese infarto que le ha dado. Comprendo al ver su rostro cansado y odioso que no debí excederme con mis palabras.

- Muy valiente para venir acompañado -suelta con desdén al notar a Dan a mi lado.

- Lo traje solo como protección.

- ¿De qué?

- De mí. Así puede evitar que le rompa la cara como se lo merece.

- No puedo creer que mi hija haya perdido la cabeza por alguien como tú; es de verdad lamentable que mi pequeña crea como una ilusa lo que un mediocre como tú le dice.

Aprieto el puño. Respiro profundamente. Me repito como un mantra que no puedo tocarlo. No voy a herir al padre de Mabel aunque se lo merezca.

- ¿Qué futuro puedes darle tú que estás destinado a la miseria? No entiendo por mucho que me explico. De todos. De tantos hombres en el mundo ella se ha fijado en un don nadie que solo intenta burlarse de ella.

- Yo no me burlo de su hija. Yo la quiero.

- Por favor. No seamos cursis. Tú crees que puedes conseguir algo de ella. Acaso crees que no lo sé.

- Aquí el único que desea conseguir algo de ella es usted que intenta vendérsela a Caleb.

Sus ojos se abren de sorpresa. Ahora veo que le he dado donde más le duele.

- Tú no entiendes nada. Caleb es como Mabel. A su lado nunca le faltará nada, pero tú porque llevas saliendo un par de semana no significa que la conozcas. Yo sí, y mucho. Sé que ella está acostumbrada a cosas costosas, a un mundo que ni en tu sueños podrías brindarle. ¿Qué podrías hacer por ella un delincuente que gana dinero en las peleas?

Doy un paso adelante. No puedo contenerme.

- Jasper. Cálmate -Dan suena como la voz de mi razón.

¿Cómo puedo hacer con este vejete tan cerca de mí?

- Yo sé que solo la usas. Pero ¿Por qué extender el sufrimiento? Te daré una oportunidad y así no arruinaré tu vida. Dime tu precio. No te preocupes por la cantidad.

- Debe meterse su dinero por donde pueda señor. Soy yo el que le dará la oportunidad de que pueda marcharse ¿Qué le parece? Ahora mismo usted entrará a su auto libre de lesiones y con aquel dinero que parece hacerle bastante falta mientras que nos deja en paz.

- No sabes con quién está jugado.

- Usted tampoco.

Le doy la espalda.

Algo me dice que ya es hora de largarme de este lugar antes de que mi instinto pueda más que mi razón y me abalance sobre el anciano decrépito y tembloroso que aún sostiene la pieza de papel entre sus manos.

- No voy aceptarlo jamás -grita el hombre con todas su fuerzas mientras y tomo mi motocicleta.

Dan trata de escanearme con la mirada. En silencio espera a que me monte.

El motor ruge deprisa y arranco solo un par de metros porque ahora el sonido de un grito me impide avanzar.

- ¿Qué demonios fue eso? -Dan se baja rápidamente y sigue los gritos de ayuda y la detonación de una bala en el aire.

De prisa corro sin importarme que mi motocicleta caiga al suelo. Avanzo lo más rápido que puedo y veo como de una camioneta apoyada y vieja que está bloqueando la salida dos hombres intentan cargar al padre de Mabel y meterlo dentro de la camioneta pero lo impido mientras lo golpeo por la espalda.

El hombre se estampa en el suelo. Intento ir por él pero un puñetazo golpea mi lado izquierdo, me da justo en la oreja y me hace perder el equilibrio mientras que toda mi audición se vuelve solo un difuso pitido que me mantiene confundido mientras sigo siendo golpeado pero logro recuperarme y me defiendo como puedo. A mi lado Dan hace lo mismo. Sigue impidiendo que se lleven al anciano y también golpea a otro de los sujetos pero son demasiado.

Todos aquellos malditos cobardes con sus rostros envueltos en pasamontañas negros tienen la ventaja de ser 5 mientras que solo nosotros somos un viejo a punto de sufrir un infarto, un chofer noqueado y Dan y yo. Las cifras estaban en contra nuestro por eso tengo que ser hábil y fuerte. Pienso en Mabel, en que no podría darle la cara si se llevan a su padre y eso es lo suficiente para que pueda noquear a uno de los sujetos y quitarle otro a Dan mientras se desquitaba con uno pequeño y fornido; pero algo me golpea tan fuerte en la cabeza que caigo y pierdo el sentido.

Al abrir mis ojos solo veo oscuridad.

Escucho unos lamentos lastimeros que vienen a mi lado. El padre de Mabel no para de exigir con la voz apagada de un cobarde que lo suelten mientras lo tienen atado con las manos en la espalda.

Respiro profundo. El dolor amenaza con estallar mi cabeza. Aquel golpe traicionero ha sido tan fuerte que aún siento como mi cabeza rota pesadamente sobre mi cuello. Mis ojos apenas distinguen un par de sillas volteadas en el suelo y pura negra oscuridad.

¿Dónde está Dan?

- Alguien que silencie a ese anciano antes de que yo mismo lo haga -escuho una voz ligeramente conocida pero que por más que intento no puedo recordar.

La luz se cuela en el lugar cuando uno de aquellos imbéciles abre la puerta de golpe. El cabello negro y áspero atado por una simple coleta lo ha delatado ante mis ojos enseguida.

El chico de Tony. El sujeto de la cárcel. Aquel mismo imbécil que de seguro me ha golpeado en la espalda. pero ¿por qué?

- No haga que me le reviente la cabeza de un tiro en este momento, maldito anciano -con aquella misma violencia que llena el tono de su voz lo golpea con la culata del arma a un lado de su cabeza.

El anciano suelta un quejido, su respiración se agita desesperadamente. Comprendo que si no hago algo rápido entonces sufrirá un nuevo infarto.

- Déjeme ir, por favor -suplica jadeante con sus últimas fuerzas.

- Te dejaremos ir, sí. Pero una vez que tu mujercita e hija suelten el dinero ¿me oyes?

- No tengo dinero.

- Pues que mal. Entonces vas a morir y puede que podamos desquitarnos con tu dulce hijita. La he visto, ella esta realmente buena.

- Cierra tu maldita boca -suelto de golpe e intento desatar las duras cuerdas que me atan pero a cada movimiento solo consigo lastimarme.

- Ya se despertó el angelito -sus asquerosas botas se dirigen hacia mí. Sus nudillos se aprietan y me da justo en la sien.

El dolor es insoportable pero puedo resistirlo.

- Sólo eres valiente porque me tienes con las manos atadas y aun así sé que podría patear tu horrendo trasero -esta vez su puño viaja a mi estómago y me hace expulsar grandes cantidades de aire.

- ¿Qué estás haciendo?, ponte tu maldito pasamontañas o van a saber quién eres ¿quieres meternos en problemas? -le recrimina otro sujeto.

Ya es tarde. También he reconocido esa voz rasposa y grave.

- Descuida. No pasa nada lo tengo controlado. Solo intento darle un buen trato a mi amigo el Ángel.

- Y yo espero que tu esposa siga creyendo que eres un cretino -lo digo con tanta claridad que el sujeto se congela.

- ¿Qué dice? -pregunta el otro.

- Nada -suelta apenas hablando.

La puerta se azota detrás de ellos y todo vuelve a ser como antes; solo que hay mas silencio.

- ¿Estás muerto, viejo?

- No soy viejo -suelta débilmente, con su respiración agitada y la mente confusa-. Tú planeaste todo esto.

- ¿Es enserio? ¿Qué tan estúpido podría ser dejar

que me golpeen cuando trato de raptarlo?

- ¿Entonces por qué pasó esto justo cuando te fuiste?

- Quizá solo estaban siguiendo. Después de todo es rico ¿o no?

- Sabes que no lo soy. No tengo ni un centavo.

- Y aun así intentaba sobornarme.

Me siento de verdad tentado de salir de esta situación y dejarlo a solas con estos imbéciles para que reciba su merecido pero imaginarme a Mabel llorando por su padre es demasiado doloroso para mí, mucho más que este dolor de cabeza y la tensión de las cuerdas en mi muñeca.

Intento mantener la calma. Tengo que buscar alguna cosa que me sirva para poder escapar de este lugar. Esta habitación está completamente vacía, exceptuando las sillas rotas y volteadas en el suelo no hay nada mas que me sirva para romper estas cuerdas.

- Moriré y contigo a mi lado -suelta él.

- A mí tampoco me agrada para nada la idea.

Muerdo mis labios. Intento que mi cerebro se concentre en cualquier cosa que no sea partirle el cuello al viejo. Respiro de nuevo profundamente. Dejo que todo el oxigeno aclare mis ideas pero es en vano. Sé que ambos moriremos.

MABEL

Las luces rojas y azules hacen que mi corazón dé un vuelco. Por alguna razón solo corro hacia mamá cuando llega a casa. El auto de la policía es un mal presentimiento que se clava como una espina dolorosa en mi pecho.

- Niña -grita Gertrudis mientras corre a mis brazos.

- ¿Qué pasa? -pregunto aturdida.

Hay al menos 4 oficiales uniformados, también está mamá desmayada en el sofá y Caleb y sus padres tratando de controlar la situación.

- Es su padre… él ha sido secuestrado.

Me suelto en los brazos de Gertrudis. Corro hacia uno de los oficiales. El hombre no pasa de tener unos cuarentas años y a su lado una linda mujer me sonríe intentado que mantenga la calma.

- Tú debes ser Mabel. Soy la oficial Walker y él es mi compañero…

- ¿Qué le pasa a mi padre. ¿Cómo es que…

- Hace una hora acaban de llamar para pedir por su rescate. Además, hubo tres testigos que intentaron ayudarlo, uno de ellos fue llevado junto a él.

- Mabel -Dan corre hacia mí y me abraza. Me tiene preocupada la venda enorme que esta en su cabeza.

Siento como el dolor de sus ojos me produce repulsión. Mi estomago se revuelve cuando intento interpretar la situación y solo suelto mi almuerzo acompañado con los fluidos ácidos de mi estomago cerca de los pies de ambos oficiales.

- Denle espacio; está bien, tranquila. Solo necesitas descasar.

- No. Necesito saber ¿Qué está pasando aquí?

- Tú no deberías estar aquí -Caleb intenta golpearlo pero el oficial se pone en medio de ambos

Dan intenta ignorar a Caleb mientras me sostiene de la mano.

- Todo fue muy rápido, Mabel. Intentamos ayudarlo pero nos superaban en número. A mí y me noquearon y cuando desperté solo estábamos el chofer y yo. No vi rastro ni de tu padre ni de Jasper.

- ¿Los dos? ¿Qué hacían juntos?

- Sí, eso resulta sospechoso -dice Caleb-. ¿Y qué haces aquí? Estoy seguro de que tú y ese idiota tienen algo que ver con todo esto ¿me escuchan oficiales?

- Sólo cállate. Explícame lo que pasó, por favor -le suplico a Dan.

- Tu padre llamó a Dan. Quería hablar con él sobre ti. Ambos discutieron e intentamos irnos pero luego gritó y cuando llegamos… por dios. Te juro que hicimos lo imposible pero no fue suficiente.

- Mi Papá y Jasper están juntos entonces.

- Sí -contestó la oficial-. Pero los hombres solo pidieron rescate por su padre. Dos millones.

- ¿Qué? -apenas tengo un hilo de voz.

Los quejidos de mi madre me advierten que está despertando. Me acerco a ella y la abrazo. Su frágil cuerpo tiembla y solo se echa a llorar apoyada en mi hombro

- Tu padre- Lo sé, lo sé. Todo estará bien -intento sentirme segura de todo esto pero no puedo engañarme a mí misma.

Trato de pensar con cabeza fría donde podría sacar algo que obviamente no tengo. Dos millones es demasiado, una fortuna que no tenemos

- ¿Dónde saco ese dinero? -pienso en voz alta.

- Mabel. Tranquila. Yo estoy ayudando en eso -dice el padre de Caleb-. Carl es mi mejor amigo y yo no tengo problemas en darlo.

El hombre se acercó a nosotros. Su mano acaricia suavemente el cabello de mi madre y me mira a los ojos.

- Cuenta con ese dinero -puedo detectar sinceridad en sus palabras.

- Sí, Mabel. Te ayudaremos -Caleb se acerca a mí pero su presencia me repugna en estos momentos-.

Iré ahora mismo a buscar ese dinero al banco. Papá conoce al dueño, no supondrá problema alguno.

- Yo…-no lo sé. Todo resultaba tan fácil en estos momentos.

Tiene que haber una trampa, pero no sé dónde está. Aun con mi madre a mi regazo observo la sala llena de policías, a Caleb y su madre discutiendo mientras que Marshall intenta que mi madre se calme.

Me levanto del sofá. Le hago una seña a Dan mientras los dos caminamos hacia la cocina. Me siento en el banquillo alto del taburete y me sirvo un vaso con agua que apenas pasa por mi garganta.

Dan está silencioso. Preocupado, puedo ver lo serio que luce en este momento. Lo entiendo.

- Hay algo que no me están diciendo. ¿Qué es? -pregunto mirándolo a los ojos.

- Puede que… -se queda en silencio y baja la cabeza-. Mabel. Dicen que puede que Jasper no esté…

- ¿Vivo? -pregunto mientras que me viene un pálpito doloroso al corazón.

- Ellos solo pidieron rescate por tu padre y cuando preguntaron por Jasper dijeron que era asunto resuelto.

- No, tiene que haber una equivocación.

- No lo sé, Mabel. Yo aún… no sé qué decir. Intento

mantener la calma pero no puedo, Jasper puede que esté muerto por mi culpa.

- No lo digas, tiene que estar vivo -trato de inyectarnos ánimos pero no funciona.

- No sé… ni siquiera me atrevo a llamar a Margaret o a su madre. Es difícil decirles estas cosas.

Abro mi boca para decir algo pero los gritos de la oficial me llaman. Dan y yo nos miramos a los ojos. Corremos como si nuestras vidas dependieran de ello hacia la sala. La mujer tiene el teléfono en altavoz y todos guardan absoluto silencio.

- Quieren hablar contigo -dice manteniendo una fría calma.

Mi respiración se corta al momento que me acerco al teléfono. No puedo evitar humedecer mis labios nerviosa. Mi corazón golpea mi pecho fuertemente mientras escucho una voz distorsionada y robótica que me habla.

- Diga -suelto temblorosa.

- Si quieres a tu padre vivo entonces tienes que seguir ciertas instrucciones.

- Entiendo -observo a todos en la sala quienes escuchan con mucha atención sus demandas.

- Quiero que vayas sola a la carretera. Ahí vas a desviarte por el camino de tierra que lleva fuera de la ciudad. Más te vale no ir acompañada, te estamos vigilando muy de cerca, así que si alguno de esos policías te acompaña entonces tu papito será solo un cadáver ¿lo entiendes?

- Sí.

- Todo el dinero lo dejarás dentro de un bolso y luego esperarás cerca de un enorme bote de basura que está ubicado en un cartel. Luego espera más instrucciones.

- Entendido ¿y Jasper? -no puedo evitar preguntar por él.

- Él está en un lugar mejor, cariño -la llamada se cuelga abruptamente.

Mi cuerpo se va hacia atrás pero Dan me sostiene mientras empiezo a sollozar.

Muerto. Jasper está muerto y mi padre en estos momentos corre con la misma suerte.

- Tenemos que hacer algo. No irás sola para allá - Marshall dice acercándose.

- Lo haré. Ya asesinaron a Jasper. No harán lo mismo con mi padre.

- Deberías dejar que la policía resuelva esto.

- No. Ellos me quieren a mí ¿lo entienden? Si no hacemos lo que digo entonces él también morirá.

JASPER

Triste oscuridad. Nunca pensé que mi vida acabaría de esta manera. Aunque tampoco creía que terminara como un final feliz de alguna absurda película. El padre de Mabel está en silencio, escucho como susurra oraciones devotamente, no para de decir que siempre fue un hombre honorable y fiel sirviente.

Sobre todo honorable.

- Está mal burlarse de los demás.

- Me da igual. De todos modos moriremos ¿no? Para qué rezar.

- Deja mucho que desear tu falta de fe.

- Cuando se ha vivido lo que yo viví se deja de creer en la fe -yo no tenía salvación. Yo ya no creía en nada que no fuera mis puños.

- Eso es interesante para alguien que se apoda Alas de Ángel.

- Puedo ver que hizo bien la tarea ¿no?

- Tenía que saber con quién sale mi hija, no me culpes.

- No lo hago, bueno, no del todo. De cierta forma puedo entender lo que hacía, solo cuidaba a Mabel de que no cayera en las garras de un maldito degenerado.

- Tú nunca podrás ser lo suficientemente bueno para mi pequeña.

- Lo sé. Pero da igual ¿no? De todos modos vamos a morir.

- Puede que sea así ¿entonces me dirás por qué te haces llamar algo que no crees?

- Yo una vez creí en ellos -no puedo recordar en aquellos momentos que recé por un milagro, para que papá volviera y mamá dejara de beber. Luego recé poder salir de este infierno, para que alguna vez Aurora recapacitara y me llevara de vuelta con ella-. Es un recordatorio de que no creeré en cosas que no puedo ver. Que aunque rece y pida mucho sé que yo soy mi única salvación y nadie más, viejo.

- Otra vez lo de viejo. Soy Carl.

- me importa una mierda-le digo sinceramente.

Cierro los ojos y pienso en Mabel y en su pequeño y perfecto rostro, en sus carnosos labios de terciopelo y en la cremosa curvas de sus pechos mientras la beso. Si he de morir quiero que ella sea lo último que pase en mi cabeza, que solo su recuerdo sea lo único que me lleve cuando desaparezca de este mundo.

Un ruedo fuerte suena al otro lado. Un par de hombres vienen por nosotros y nos arrastran fuera de la recamara. Trato de ver pero apenas soy consciente de la entrada de luz; me cubren la cabeza con un trapo negro pero aún así tengo mis demás sentidos activos.

- ¿Todo está listo? -pregunta uno de ellos.

- Sí. La chica dijo que vendría a la media noche y nos esperaría en el lugar pactado. Una vez ahí solo la llamaremos y nos encontraremos en el lago.

- ¿Crees que vendrá sola?

- Más le vale o los mataré a todos; sino mataremos a su papito.

- ¿Y qué pasará con Jasper?

- Ése -hay un silencio cuando escucho mi nombre.

El motor del auto impide que pueda escuchar la siguiente frase pero no hay que ser adivino para saber lo que me harán. Intento dejar esa preocupación al lado y pensar en Mabel. Ella es la única que puede hacer la estupidez de ir sola a ese lugar para salvar a su padre.

Me desespero mientras me imagino que le intentarán hacer algo. Aquello no me gusta para nada. Me muevo como puedo pero alguien me patea con fuerza en el estómago.

- Maldición -suelto mientras toso y humedezco la tela con mi saliva. Creo que me han roto un par de costillas o algo así el dolor es tan intenso que suelto un par de lágrimas de dolor pero no más que eso.

- Quédate quietecito, alas de Ángel -suelta una nueva voz. La conozco. Sé que la he escuchado en algún lado-. ¿Qué esperan para acabar con él?

- Todo a su tiempo, primero lo primero. Necesitamos que tu linda novia nos deje el dinero.

- Vendrá. Solo tienes que prometerme que no le harás nada, Tony.

- Me vuelves a llamar por mi nombre delante de ellos y te mato -su amenaza es suficiente para que reine el silencio.

La voz de Caleb es tan clara que ya lo he reconocido. Yo soy el único que sabe la verdad en este lugar mientras que el anciano no tiene ni la remota idea de que el hombre perfecto para su hija lo está extorsionando y hará que Mabel se meta en la boca del lobo.

El movimiento de la camioneta es irregular. Nuestros cuerpos saltan de un lugar a otro y hace que venga y se vaya el dolor punzante en mis costillas. Escucho directamente de su boca lo que desean hacer conmigo y luego lo que piensan hacer con aquel dinero. El olor a alcohol y gasolina revuelve mi estomago. La oscuridad me condena a no buscar un camino a esta situación. Tengo que salir de aquí y evitar que le hagan daño a Mabel. Ese es mi único pensamiento.

- Viejo, ¿me estás escuchando, anciano?

- Baja la voz o nos lastimarán -susurra con voz trémula.

- Tenemos que salir de aquí ¿lo entiendes?, - ¿Quieres que le hagan daño a Mabel?

- ¿No escuchaste? Solo van a intercambiar el dinero por mí, después ella se irá conmigo y tú te quedarás aquí, solo.

Maldito viejo.

Como me encantaría en este momento tener las manos desatadas para romperle su horrenda cara. Ni siquiera para un asunto tan delicado como este puedo contar con él.

Solo depende de mí el escapar de este lugar. Pero no puedo hacerlo solo.

- No lo hará, Carl.

- ¿Ahora sí soy Carl? Pensé que te importaba una mierda -respondió petulante.

Claro me no me interesa quién es.

- Sólo intento sacarnos con vida y ayudar a tu hija ¿en serio confías en estos tipos?

- no.

¡Al fin! Ya es hora que reaccione y se dé cuenta que todo este plan saldrá mal si no hacemos algo con nuestras propias manos, atadas e inútiles.

MABEL

He seguido cada una de las instrucciones. Estoy sola en mi auto. Apenas si puedo concentrarme en el horrendo lugar mientras tengo a mi lado una enorme bolsa de tela con todo el dinero en efectivo.

Dos millones.

Dos millones que yo no tengo, dos millones que mi familia jamás podría conseguir pero que Marshall ha dado sin contemplaciones y solo para salvar a mi padre, a su mejor amigo.

En este momento me siento como una burbuja llena de emociones que al mínimo toque reventará. Froto mis manos contra el borde del suéter. El frío es realmente espantoso y mis pierna tiemblan de miedo. No puedo dejar de pensar en miles de escenarios en mi cabeza donde todo sale bien o terriblemente mal.

Quizá todos tenían razón y no debí haber venido sola, pero no hay más opciones. Ya perdí a mi amor, no perderé a mi padre.

Unas luces blancas se prenden y apagan a unos metros de distancia. Mi teléfono suena. De nuevo la voz robótica habla.

- Levántate lentamente, sal del auto y lanza lo más lejos que puedas el bolso hacia nuestra dirección, luego levanta tus manos.

Obedezco aunque tengo miedo. Subo mis manos hacia el cielo y veo como un hombre alto con el rostro tapado camina lentamente hacia mí. Está solo. No veo a mi padre en ningún lado y me preocupa. Luego se detiene. Me observa detenidamente desde la distancia, como percatándose de que venga sola. Abre la bolsa y ve los fajos de billetes correctamente ordenados, los revisa vagamente y se acerca. Instintivamente retrocedo y me detengo.

- ¿Dónde esta mi padre?

- Ahí, si lo quieres tienes que ir por el.

- Ése no era parte del trato.

- No me importa. Así que si quieres a tu padre ve por él o me lo llevaré junto con el dinero.

Intento que se note lo terrada que estoy. Lo sigo con cautela hacia la camioneta. Los faroles brillantes me impiden ver el rostro de su chofer y el otro acompañante.

Escucho quejidos, lamentos. Alguien grita al ser golpeado e intento correr pero el hombre solo toma mi brazo y me hala hacia con fuerza.

- ¿Adónde vas, nena?

Esa voz…

Otro sujeto arrastra el cuerpo de mi padre y lo lanza justo al suelo. La sábana que cubre su rostro sale volando por los aires y papá parece tomar tanto aire fresco como puede. Intento correr hacia él pero me tienen inmovilizada.

- Déjala -suelta el hombre que se encuentra al lado de mi padre.

Las manos de mi captor me empujan y caigo al suelo. Mis piernas se arrastran hacia papá. No puedo evitar aferrarme a él. De pronto lo veo frágil y tan pequeño que temo por su vida.

- ¿Cómo estás? -pregunto luego de besarle la mejilla.

- Tienes que irte, Mabel.

- ¿Qué?

- Ahora -grita papá mientras siento como uno de los hombres se agarra de mi cabello e intenta arrastrarme fuera de la carretera.

- ¿Qué haces? -grita su compañero-. No es parte del plan.

- Silencio. Yo soy aquí quien manda -dice el otro mientras saca un arma de fuego y le apunta en la cabeza-. Aléjate o tú también serás hombre muerto.

- Basta, sabes que no puedes hacerle daño.

- Sí puedo. ¿Lo ves? Puedo hacerle mucho daño. A ella, a ese anciano, a ti. ¿Qué creías? ¿Que todo saldría como tú querías? No entiendes como se hacen realmente estas cosas. Si quieres ganar tienes que sacrificar algunas piezas-. Su dedo aprieta el gatillo y le da en el pecho a su compañero.

La sangre salpica por todos lados mientras trato de soltarme pero es imposible porque me hace mucho más daño cuando me muevo. Papá intenta arrastrase hacia nosotros pero uno de sus compañeros corre hacia él y lo lleva hacia el otro lado de la carretera.

- ¿Qué ha pasado? ¿Por qué está en el suelo?

- Intentó hacer las cosas a su manera. Ahora cállate y ayúdame. No tengo mucho tiempo. Solo falta poco para que llegue la policía. Marcos, mueve tu trasero y termina con lo otro para que me ayudes a arrastrar los cuerpos.

- Lánzalo -le ordena la voz a su compañero.

El cuerpo del otro hombro se desploma y suena como un saco de harina. La respiración de ambos me inquieta. De pronto huay silencio por varios segundos salvo por aquel sonido intermitente de los grillos.

- Terminemos con esto de una vez -escucho como carga la pistola. El sonido metálico es fuerte y detiene mi respiración.

Mis brazos están temblando. Intento voltear al ver a mi padre pero el sujeto me lo impide y me golpea en el rostro con el extremo opuesto de su arma haciéndome gritar un poco pero luego me contengo.

- Déjenla en paz. Ya les trajo todo lo que querían, por favor, dejen que mi hija… -papá no puede terminar porque el otro sujeto lo golpea.

- Cierra la boca -de nuevo otro golpe que es tan brutal y fuerte que papá solo cae inconsciente.

Más pasos vienen de la carretera. El otro compañero se acerca mientras me obligan a contemplar las luces de la ciudad y el borde del precipicio.

- Ves, vas a morir de una vez por toda. Es una lástima. Creo que me hubiera gustado divertirme contigo un rato-. Su mano me obliga a mirar el rostro encapuchado mientras me acerca a sus labios y me besa tan fuerte la boca que me hace sangrar.

Luego solo escucho quejidos y más golpes.

Mi captor me suelta y se voltea para ver a Jasper acercándose hacia mientras que su amigo luce inconsciente en el suelo.

- Se acabó, Tony -suelta mientras se abalanza contra él e intenta desarmarlo.

Quiero correr lejos pero no puedo dejar a Jasper solo con ese desalmado. Mis manos tocan la tierra en busca de algo que pueda ayudarme a defenderme y encuentro una enorme roca. Es lo suficientemente pesada que me obliga a tomarla con ambas manos para poder golpear la cabeza del hombre.

El golpe es tan fuerte que cae en los brazos de

Jasper. Por un momento quedo en shock. Mi mente se bloquea y solo puedo pensar en su rostro lleno de sangre que se acerca a besarme.

- Oye. Tenemos que irnos, Mabel. Reacciona. Hay que irnos con tu padre, no puedo yo solo con él -me dice.

Mi padre está inconsciente y Jasper herido.

Corro hacia papá y como puedo lo levanto y dejo que parte de su peso se apoye en mis hombros mientras que Jasper lo sostiene al otro lado para ir caminando. A lo lejos observo las luces de la policía. Para mí supone un gran alivio que toda esta pesadilla termine y al fin poder descansar en casa junto a Jasper. Caminando torpemente trato de evitar que las fuerzas no me fallen mientras llevo a papá. El sonido de las sirenas se hace cada vez más fuerte hasta que ellos llegan a nosotros.

Un grupo de personas corren al ver a papá herido y lo separan de mí. Intento seguirlo pero me lo impiden y solo me quedo al lado de Jasper sintiendo su brazo acariciar mi espalda mientras no dejo de temblar.

- Se acabó la pesadilla -susurro entre dientes.

Pero me equivoco.

De pronto una detonación suena hacia mi dirección. Giro hacia atrás y veo al sujeto con su arma en la mano. Todos gritan por la conmoción pero no

entiendo a quien le ha disparado hasta que Jasper
cae al suelo.

JASPER

Las luces blancas lastiman mis ojos al abrirlo. Lentamente parpadeo hasta adaptarme al entorno. Veo paredes blancas y la figura de una mujer durmiendo en un mueble acurrucada. Su cabello negro es tan similar al de mi madre. Incluso aquellos fuertes ronquidos mientras que su boca se abre graciosamente son tan idénticos que no tengo dudas de que es ella. Intento recordar lo que ha pasado pero solo hay una nube blanca en mi cabeza que me impide ir más allá del dolor y un doloroso sollozo que estrangula mi alma. La voz dulce de Mabel llamándome, su suave y delicada mano sosteniendo la mía hasta que la nada se cierne sobre mí.

Recuerda. Tienes que recordar qué pasó. Todo es en vano. No hay mucho más que la oscuridad y el olor de la sangre.

Intento moverme pero mi cuerpo parece no estar acostumbrado. Hay un extraño hormigueo en mis brazos y al mínimo movimiento siento que el agujero de mi pecho se desprende.

- Jasper -una voz jadea con sorpresa.

Me giro hacia su dirección. Quiero saber quién es y a mi lado el rostro delicado de Mabel me recibe entre lágrimas y una sonrisa.

- ¿Qué ha pasado? -pregunto pero soy ignorado y siento como sus brazos se arrojan sobre mí.

Respiro aquella fragancia que desprende su cabello suave y ondulado. Acaricio cada delicado mechón de cabello e intento apretarla aunque duele.

- Por Dios -suelta de pronto mi madre-. Jasper, estás vivo -grita y también se lanza sobre mí.

Es raro sentir aquel calor. Extrañaba y desconocía a su vez la calidez de su abrazo, la forma agradable y protectora que se sentía mientras no dejada de gritar mi nombre con fuerza.

¿Es por mí? ¿aquel llanto lastimero era solo para mi? En menos de lo que pienso la habitación se llena de enfermeras y también de personas. Veo como Dan, Margaret y Dylon les obligan a permanecer al otro lado junto con Aurora y Mabel mientras ellos me examinan por un tiempo que parece ser eterno hasta que al fin deja que todos entren a mi habitación.

- Nos has dado un buen susto, Jasper, pensé que no sobrevivirías y tendría que enterrar tu cuerpo. Incluso me hice a la idea de vender tu motocicleta -dice Dan.

- Cállate -Margaret lo golpea fuertemente en la cabeza-. No digas esas cosas ni jugando, muchacho.

- Sólo quería decir algo divertido para que así dejaran de llorar.

- Tú también estabas llorando, parecía una niñita, tenias que haberlo visto. Sus gritos eran tan fuerte que tuvimos que sacarlo del hospital -dice Dylon.

- Exageran -dice avergonzado.

- No lo dudo. Sé que si me pasa algo tú serás el primero en llorarme -suelto divertido.

- Que no -niega ahora ligeramente molesto.

- No lo niegues -Aurora dice haciéndolo a un lado para tomar mi mano-. Todos aquí lo hicimos, estábamos preocupado por ti, cariño.

- Te dieron cerca del corazón -dice Margaret sollozando.

- Vamos, cariño -Dylon la toma en brazos-. Ven, vamos a que te calmes un poco y deja que los muchachos charlen.

- Te quiero, Margaret -le digo mientras observo como se marcha.

- Yo también, tú eres mi favorito -suelta tomándome la mano.

- Creí que yo era tu favorito -Dan la interrumpe celoso.

- Los dos son mis favoritos -ella lo abraza y besa con gesto maternal su mejilla-. Son lo mejor que han pasado por nuestras vidas.

Yo también la quiero tanto como a Dylon. Los dos nos han cuidado como si fuéramos su verdaderos hijos.

Aurora baja la cabeza e intenta no mirar. Sé lo que piense. Yo también pienso lo mismo que ella y a veces no puedo controlar mi enojo hacia lo que nunca hizo. La culpaba de nuestra separación muchas veces aunque trato de comprenderla, pero de alguna manera siento que no puedo seguir así con ella. Algo debía cambiar entre nosotros.

- También te quiero a ti, Aurora -ambos nos miramos fijamente a los ojos.

Este momento es complicado. Las palabras están cargadas de emociones y aunque parecen inverosímiles de mis labios ella solo sonríe suavemente.

- Al menos podrías decirme mamá.

- No presiones -le digo con una sonrisa.

La mano de Mabel golpea ligeramente mi brazo. Intento no mirarla porque sé en qué está pensando. Yo también pensaba lo mismo pero era difícil para decirlo. Aquellas palabras se atoraban en mi garganta y eran tan difíciles de decirlas que no puede evitar que mi voz se quebrara.

- Te quiero…mamá.

Sus enormes ojos se ven de sorpresa. Aurora parece otra persona. Ella luce diferente sin aquella ropa ajustada que la hacia lucir como una ridícula adolescente. Por primera vez parece tranquila y hermosa.

- Soy la mujer más feliz en estos momentos ¿sabes? -sus labios me besan en mi frente y no puedo evitar sentir que tengo 5 años-. Y lo siento tanto, Jasper. Sé que no fui una buena madre, nunca.

- No quiero pensar en eso -aprieto su mano suavemente.

- Yo solo quiero decirte que te amo y lo siento, de verdad. Lamento no ser fuerte para ti pero ahora todo va a cambiar, lo prometo -la sinceridad de sus palabras me asustab y al mismo tiempo me hacen tan feliz que no puedo evitar sonreír.

- Será mejor que los deje solos. Sé que tienen muchas cosas de que hablar -ella solo se aleja y besa la mejilla de Mabel con una confianza que jamas pensé que tendría.

- Cuidate, Aurora -ella le dice mientras se cierra la puerta a su espalda.

Le lanzo una mirada de interrogación y Mabel me responde con una sonrisa.

- ¿Desde cuando son amigas?

- Desde que la vi en tu departamento. Aurora es una estupenda mujer, Jasper.

- Ven aquí -intento cambiar el tema.

Como puedo intento moverme para darle espacio. Todo el peso de su delgado cuerpo se acerca al mio y no puedo evitar abrazarla y darle un prolongado beso que me haga recordar que estaba vivo y la tenia a mi lado.

- Tienes una semana inconciente -suelta con voz apagada mientras dibuja un corazón en mi pecho con sus dedos-. La verdad es que ese balazo estuvo muy cerca de tu corazón y perdiste mucha sangre. Pensé que… -su respiración se tensa y veo como un par de gotas cristalinas descienden de sus ojos.

- ¿Cómo estás tú y tu padre? -pregunto mientras observo un moretón que se desvanece lentamente.

- Bien. Papá está estable y es gracias a ti.

- Y ellos…

- Caleb murió -dice mientras mantiene la mirada fija sobre la nada-. Él armo este plan. Creía que si mi familia quedaba en deuda con la suya yo no tendría mas opción que casarme. Sus compañeros lo traicionaron y luego lo arrojaron por el precipicio. Tenías que ver a sus padres. Estaban destrozados y yo… es raro. Lo conocí de pequeños. Él fue mi primer amigo, mi primer amor y no pensé que era capaz de hacer una cosa como esa.

Beso su cabello y la abrazo aunque la herida me quema el pecho.

- Tenía mucho miedo, Jasper. Pensé que podría perderte.

Mabel busca mis labios cuidadosamente y yo no puedo evitar apretarlos a los mios para saber si esto no era un sueño. Toda ella se siente tan real que deseo que jamás se acabe estos instantes de paz que tenemos uno junto al otro.

La tos inoportuna de su padre nos separa.

El anciano no me quita la mirada de encima cuando ve que Mabel esta prácticamente encima de mi cuerpo. Los dos la sostenemos en una pelea silenciosa que solo ella es capaz de interrumpir.

- ¿No deberías estar en casa descansando?

- No cuando me dicen que este está vivo.

- Yo también lo extrañé, suegro -digo burlonamente.

- Abstente de ser tan corriente. No soy tu suegro. No seré tu suegro ¿lo entiendes? nunca seras bueno para mi hija.

- Papá -dice ella quejándose-. Será mejor que lo dejes descansar.

- Silencio, Mabel. No te permito que me intrrumpas -dice acercándose-. No te aceptaré jamás en mi familia.

- Dígame algo que realmente me importe, viejo.

No puedo dejar de evitar pensar que era mejor haberlo dejado solo con aquellos matones, entonces solo así…

- Nunca seras digno de ella, pero veo que no puedo hacer que mi tonta hija cambie de opinión.

Alzo mi ceja. Sé que dice la verdad. Pero aun así…

Mabel no puede creer lo que esta escuchando. Ella solo corre y salta a los brazos de su padre como si se creyera que ella tiene 5 años. Aquella forma tan infantil solo hace que me enamore mucho mas de ella.

- Eres el mejor papá del mundo -y lo besa mientras que no cabe en su pecho tanta emoción.

- Lo sé, hija -luego me dedica una mirada áspera y odiosa-. Si le haces llorar te la veras conmigo.

- Haga lo que quiera, anciano.

Ruedo mis ojos. Me tiene sin cuidado si me acepta o no. No me importa que yo no fuera digno de Mabel, de igual forma estaría con ella hasta que ella quisiera. Solo esperaba que fuera para toda la vida.

Cuando el pobre hombre sale de la habitación ambos nos quedamos en silencio. Mabel regresa y me abraza por la espalda dejando sentir la suavidad de sus pechos sobre mis músculos.

- Esta posición es algo incómoda ¿sabes?

- ¿Por qué? -pregunta apretándose tanto como puede.

- ¿No se supone que tendría que ser al reverso? Yo

abrazándote de espaldas y…

- Sintiendo mi trasero stregándose en tu entrepierna. Te conozco, Jasper. Eso no va a suceder, al menos no aquí, mientras te recuperas.

- ¿Qué dices? tienes una mente muy sucia.

- Eso es por tu causa. Eres una mala influencia, Jasper.

- Y tú por lo contrario, eres lo mejor que ha sucedido en mi vida.

EPÍLOGO

Los brazos de mi madre me rodean una vez más. Hay lágrimas en su rostro. De pronto la siento tan pequeña que no me atrevo a dejarla, pero esto es por su bien.

La primera vez que me hablo sobre ir a rehabilitación creí que era totalmente un juego, solo palabras que dices para impresionar pero cuando sus ojos me vieron con aquella firmeza supe que mamá decía la verdad. Ella era realmente seria en esta nueva decisión.

- Cuídense -nos dice y luego abraza a Mabel-. Gracias por estar conmigo.

- No tienes por qué agradecerlo. Solo te apoyo en esta decisión. Eres una mujer muy valiente.

- Y mi hijo de verdad es afortunado por tenerte. Tú - se vuelve hacia mí- no seas un imbécil con Mabel o te la verás conmigo.

- lo sé -esta vez soy yo quien la abrazo. Quiero que de nuevo aquellos recuerdos de pequeños regresen a mí y por un instante todo vuelve a ser como antes, cuando mamá sonreía de forma tan preciosa que ni el sol podía iluminar mis días.

Avanzamos hacia la entrada y nos detenemos. Ese

había sido el trato de ella. No quería que la acompañáramos al edificio porque deseaba ser fuerte por ella misma y así enfrentar sus propios demonios.

- Los quiero, chicos.

Su mano se sacude y luego la silueta de su espalda y la maleta desaparecen detrás de la puerta de cristal. De nuevo siento la sensación de estar abandonado pero solo desaparece cuando Mabel toma mi mano y la aprieta con fuerza.

- Estará bien. No tienes que temer por ella.

Sé que ella estará bien pero son muchos sentimientos que divagan en mi cabeza en estos momentos.

- No temo por ella, sino por los doctores. Sé que mamá puede ser un dolor de cabeza.

- Jasper -su voz de advertencia me parece tentadora.

No puedo evitar atraerla hacia mí y besarla lentamente y así poder succionar sus seductores labios.

- no puedo esperar para llegar a casa y tenerte en mi cama -rodeo su trasero con mis manos y la atraigo para que sienta lo dispuesto que estoy por ella.

No puedo evitar controlar mis instinto cuando se trata de estar con Mabel. Para mí es algo impulsivo el ir y besarla y tocarla hasta hacerla temblar y sacudirse con cada caricia que le doy.

La beso otra vez y siento como el tiempo se detiene y todo lo que nos rodea simplemente desaparece.

- Oye, un momento, la gente nos está viendo.

- Y qué importa me importa los demás -la tomo de nuevo. La beso mientras deslizo mis manos por su espalda y bajo a su trasero.

- Espera. Es en serio. No puedo hacerlo, no aquí delante de todos.

- ¿Entonces qué sugieres?

- En cualquier parte pero no aquí -sus dedos se deslizan por mi pecho hacia el borde de mis pantalones.

- ¿Vamos a casa? -pregunto mientras agito las llaves.

- ¿Qué paso con los chicos y el círculo? Ellos nos están esperando.

- ¡Qué importan ellos y el estúpido círculo! Yo solo quiero ser feliz contigo en este momento.

- ¿Entonces el otro resto del tiempo no eres feliz conmigo?

- Sí, solo es que soy feliz cuando…

- Te acuestas conmigo; ¿me estás usando, Jasper Brown?

- No, no es lo que quiero… Mabel… yo lo siento -mi lengua se enreda pero estoy lo suficientemente nervioso para poder controlarme hasta que el sonido alegre y estrambótico de su risa se desata.

- No puedo evitar quererte más cuando te comportas torpemente.

- ¿Eso qué quiere decir? ¿No te importa mi atractivo?

- Ni tus grandes y sexy músculos o aquella sonrisa sensual que me derrite al instante.

- ¿Ésta? -no puedo evitar sonreír y mirarla a los ojos. Me acerco a besarla pero me detengo.

- ¿Qué? -pregunta ella desesperada.

- Es que… eres un sueño. Eso es lo que creo en este momento.

- ¿Esto es un sueño? -sus labios atrapan los míos mientras que su lengua se escurre en mi boca e invita a unirse a su danza de seducción.

- Diablos. No, es que jamás pensé que estuvieras aquí, conmigo. Siempre fui invisible para ti.

- Claro que no. Después de todo eres Jasper Alas de Ángel Brown y yo tengo ojos y me gustaba lo que veía por los pasillos.

- Entonces me has mentido hace unos instantes al decirme que no te gustaba solo por mi atractivo. Tú eres la que me usas, señorita.

- No te hagas, sé que te encanta que te use.

- Bueno, sí. Puedes usarme en estos momentos si quieres.

- Pero llegaremos tarde.

- Al diablo con todo.

Se ríe suavemente y yo la abrazo. Me gusta tenerla cerca.

- Te amo, Mabel.

- Yo también, te amo, Jasper

FIN.

Recibe Una Novela Romántica Gratis

Si quieres recibir una novela romántica gratis por nuestra cuenta, visita:

https://www.librosnovelasromanticas.com/gratis

Registra ahí tu correo electrónico y te la enviaremos cuanto antes.

Otros Libros Recomendados de Nuestra Producción:

Azul. Un Despertar A La Realidad. Una Novela romántica de Mercedes Franco Saga No. 1

Azul. Un Despertar A La Realidad. Una Novela romántica de Mercedes Franco Saga No. 2

Azul. Un Despertar A La Realidad. Una Novela romántica de Mercedes Franco Saga No. 3

Azul. La Princesa Rebelde. Una Novela romántica de Mercedes Franco Saga No. 4

Azul. La Princesa Rebelde. Una Novela romántica de Mercedes Franco Saga No. 5

Azul. La Princesa Rebelde. Una Novela romántica de Mercedes Franco Saga No. 6

Atracción Inesperada
Autora: Teresa Castillo Mendoza

El Secreto Oscuro de la Carta (Intrigas Inesperadas)
Autor: Ariel Omer

Placeres, Pecados y Secretos De Un Amor Tántrico
Autora: Isabel Danon

Una Herejía Contigo. Más Allá De La Lujuria.
Autor: Ariel Omer

Juntos ¿Para Siempre?
Autora: Isabel Danon

Pasiones Peligrosas.
Autora: Isabel Guirado

Mentiras Adictivas. Una Historia Llena De Engaños
Ardientes
Autora: Isabel Guirado

Intrigas de Alta Sociedad. Pasiones y Secretos
Prohibidos
Autora: Ana Allende

Amor.com Amor en la red desde la distancia
Autor: Ariel Omer

Seducciones Encubiertas.
Autora: Isabel Guirado

Pecados Ardientes.
Autor: Ariel Omer

Viajera En El Deseo. Saga No. 1, 2 y 3
Autora: Ana Allende

Triángulo de Amor Bizarro
Autor: Ariel Omer

Contigo En La Tempestad
Autora: Lorena Cervantes

Inmortales. Génesis. El Origen de los Vampiros. (Libro No. 1)

Metamorfosis. El Legado Secreto de los Vampiros (Inmortales Libro 1)

Metamorfosis. El Legado Secreto de los Vampiros (Inmortales Libro 2)

Metamorfosis. El Legado Secreto de los Vampiros (Inmortales Libro 3)

Reina de la Oscuridad. Una Historia de Romance Paranormal (Inmortales Libro 1)

Reina de la Oscuridad. Una Historia de Romance Paranormal (Inmortales Libro 2)

Reina de la Oscuridad. Una Historia de Romance Paranormal (Inmortales Libro 3)

Seduciendo al Vampiro. Desafío de Fuego. Una Historia de Romance Paranormal (Inmortales Libro 1)

Seduciendo al Vampiro. Desafío de Fuego. Una Historia de Romance Paranormal (Inmortales Libro 2)

Seduciendo al Vampiro. Desafío de Fuego. Una Historia de Romance Paranormal (Inmortales Libro 3)

Seduciendo al Vampiro (Libro 4).Guerrera de Fuego. El Vasto Precio de la Libertad. Saga Inmortales de Mercedes Franco

Seduciendo al Vampiro (Libro 5).Guerrera de Fuego.

El Vasto Precio de la Libertad. Saga Inmortales de Mercedes Franco

Seduciendo al Vampiro (Libro 6).Guerrera de Fuego. El Vasto Precio de la Libertad. Saga Inmortales de Mercedes Franco

Dinastía de las Sombras. La Oscura Corona. Una Historia de Romance Paranormal de Vampiros (Inmortales Libro 1)

Dinastía de las Sombras. Juegos de Poder. Una Historia de Romance Paranormal de Vampiros (Inmortales Libro 2)

Dinastía de las Sombras. Cantos Oscuros. Una Historia de Romance Paranormal de Vampiros (Inmortales Libro 3)

Corona de Fuego. Una Historia de Romance Paranormal de Vampiros (Inmortales Libro 1)

Corona de Fuego. Una Historia de Romance Paranormal de Vampiros (Inmortales Libro 2)

Corona de Fuego. Una Historia de Romance Paranormal de Vampiros (Inmortales Libro 3)

Oscura Dinastia (Libro 1) Fantasía Paranormal de Vampiros. Saga Inmortales de Mercedes Franco

Oscura Dinastia (Libro 2) Fantasía Paranormal de Vampiros. Saga Inmortales de Mercedes Franco

Oscura Dinastia (Libro 3) Fantasía Paranormal de Vampiros. Saga Inmortales de Mercedes Franco

La Furia y El Poder De Las Sombras (Libro 1) Fantasía Paranormal de Vampiros. Saga Inmortales de Mercedes Franco

La Furia y El Poder De Las Sombras (Libro 2) Fantasía Paranormal de Vampiros. Saga Inmortales de Mercedes Franco

La Furia y El Poder De Las Sombras (Libro 3) Fantasía Paranormal de Vampiros. Saga Inmortales de Mercedes Franco

Secretos Inconfesables. Una pasión tan peligrosa que pocos se atreverían. Saga No. 1, 2 y 3
Autora: Mercedes Franco

Secretos y Sombras de un Amor Intenso. Saga No. 1
Autora: Mercedes Franco

Secretos y Sombras de un Amor Intenso. (La Propuesta) Saga No. 2
Autora: Mercedes Franco

Secretos y Sombras de un Amor Intenso. (Juego Inesperado) Saga No. 3
Autora: Mercedes Franco

Rehén De Un Otoño Intenso.
Autora: Mercedes Franco

Las Intrigas de la Fama

Autora: Mercedes Franco

Gourmet de tu Cuerpo. Pasiones y Secretos Místicos
Autora: Mercedes Franco

Pasiones Prohibidas De Mi Pasado.
Autora: Mercedes Franco

Hasta Pronto Amor. Volveré por ti. Saga No. 1, 2 y 3
Autora: Mercedes Franco

Amor en la Red. Caminos Cruzados. Saga No. 1, 2 y 3
Autora: Mercedes Franco

Oscuro Amor. Tormenta Insospechada. Saga No. 1, 2 y 3
Autora: Mercedes Franco

CONTIGO AUNQUE NO DEBA

LIBRO 2

PRÓLOGO

Escucho los gritos; todos me aclaman. Muchos gritan mi nombre y siento que las mujeres me desean y los hombres quieren ser como yo. Todos me admiran mientras agito los puños contra mi contrincante.

Siento que la sangre se vuelve fuego en mis venas mientras quiero más. Deseo sentir esa adrenalina que me quema por dentro mientras dejo que todo lo que contengo en mi interior sea liberado.

Pelear no sólo es una forma de ganar dinero, también es mi manera de gritarle al mundo que es una mierda y que no me dejaré vencer por nadie. Yo soy un sobreviviente y me mantendré siempre de pie sin importar las adversidades.

- Vamos, no te dejes vencer -escucho la voz de Dan, lejana pero la reconozco.

De pronto estoy en el suelo pero me levanto. Mi cabeza está al borde del círculo y el rubio viene contra mí con todas sus fuerzas.

- Jasper -dice otra voz, la única voz que me importa.

Ver los ojos llorosos de Mabel mientras me hacen comer tierra me enferma. No quiero que vea cómo me están dando una paliza. Ella es mi fuerza, mi sustento y por ella es que me levanto y de un sólo golpe lo noqueo en seco.

Mi corazón late lentamente mientras intento regular

mi respiración. Siento la cara de la gente. El rubio fue un contrincante duro. De verdad dio una buena pelea. Lo observo en el suelo desparramado. Sus dos metros y esa masa de músculos fortificados dieron mucha pelea y por primera vez me la puso verde pero al final gané yo.

Dan levanta mi mano. Veo cómo las personas se mueven pero soy consciente de la realidad apenas siento los brazos de Mabel rodeándome sin tener asco al sudor de mi cuerpo. Ella me mira a los ojos mientras me examina cuidadosamente y no puedo hacer más que sonreír en estos momentos. Soy un maldito afortunado.

- Dan -ella grita sin apartar su vista de mi rostro-. Tenemos que llevarlo a un doctor; está mal, muy mal. No deja de sonreír.

- Estoy bien -beso su frente y seco las lágrimas que empiezan a caer-. Tú me haces sentir bien.

- Estás delirando -suelta con preocupación.

- Siente mi delirio -y la beso con fuerza mientras la levanto y dejo que sus piernas rodeen mis caderas. Su lengua es suave y muy flexible, me encanta cómo se mueve lentamente mientras exploro su boca y cuando menos lo pienso ya estoy duro.

Ella es la única que puede ponerme de esa manera.

- Bájame -susurra avergonzada.

- No quiero.

- Hazlo, Jasper Brown. Acabas de tener una pelea y

esta fuerza puede hacerte daño. No quiero que te pase nada por cargarme.

- Tú no estás gorda y quiero tenerte así porque deseo que todos vean que eres mi chica.

- Los golpes te están afectando la mente y ahora ve a recibir tu premio.

- Ese que lo reciba Dan, ahora lo único que quiero es follarte -digo y la aprieto para que sienta lo duro que estoy por ella.

- ¿Pretendes que vas a tener sexo como estás?

Me giro con Mabel aún en brazos y veo a Dan junto a un hombre corpulento con larga barba y gorra ridícula de color negro con un tigre de juguete.

El hombre alza una ceja al mirarnos. Mabel me empuja para que la baje pero no puedo alejarme de ella en estos momentos. Tengo una gran erección en mis pantalones y no puedo dejar que la vean.

- Represento a ese rubio de allá -apunta al hombre tirado del suelo mientras una chica lo revisa-. Se supone que es mi boxeador novato el cual tiene pelea dentro de dos semanas. El imbécil se ha escapado de la rutina para irse a beber con sus amigos e irse de putas y de paso terminó perdiendo.

- ¿Y eso qué tiene que ver conmigo? -pregunto un tanto confundido.

- Tienes madera muchacho, sólo te falta un buen entrenamiento y ya te veo lleno de títulos y dinero.

- No me importa -respondo secamente.

- Debería -interviene otra persona.

La mujer es la misma que ayudaba al rubio. Sus ojos azules tratan de fundirme con una intensidad que hace tiempo no veía. Mientras coloca su mano en su cadera desnuda me observa detenidamente como si yo fuese una mercancía

- Tienes potencial y sólo un imbécil le diría que no a mi papá. Yo que tú me lo pienso -y del gran escote de su blusa saca una pequeña tarjeta rosa y se la entrega a Dan.

- Al diablo la rubia y su padre -suelto cuando estamos solos.

- Eres un idiota -Dan dice mientras Mabel me funde con la mirada.

- Jasper, es una gran oportunidad. ¿Y no vas a hacer nada?

- Ese tipo te estaba comiendo con la mirada.

- Me importa una mierda ese tipo, pero creo que te ofrece buenas cosas.

CAPÍTULO 1

Son las 8 de la noche pero no quiero ir a casa. Me acurruco en el sofá de Jasper mientras tengo su camiseta azul con el logo de una de sus bandas. Estoy sin nada abajo viendo la televisión diminuta y comiendo algo de cereal. Probablemente se vaya a sorprender de verme aquí pero la verdad no tengo las ganas de ver a mi familia esta noche.

Papá estalló de emoción cuando me dieron las pasantías pero luego estalló una vergonzosa pelea entre mamá y él por los gastos, por la falta de lujos, por las promesas que una vez le hizo a ella sobre que le daría todo lo que quisiera.

Suspiro un poco mientras sigo encaprichada con la película romántica donde la mujer es una de esas ejecutivas exitosas e independientes que cree que no le hace falta nada hasta que llega el amor de su vida. Ella se enamora de un mecánico guapo y grosero que al final resulta ser una especie de príncipe azul que la protege y salva pero no pueden estar juntos por sus distintos tipos de vida.

Mis lágrimas afloran cuando ha terminado. Justo en ese momento Jasper llega y me ve llorando.

- ¿Qué te han hecho?

- Veía una película.

- Me diste un susto del demonio.

Está totalmente molido por su primer día de entrenamiento.

- ¿Estás bien?

- Claro, ¿por qué no lo estaría? ¿Y tú? ¿Cómo te ha ido?

- Aparte de que una chica pateó mi trasero me ha ido bien.

- ¿Cómo así?

- Mi primer contrincante fue Gwen y tiene una mano muy pesada.

- Siento que odio a Gwen por lastimarte; puedo golpearla por ti, si quieres. ¿Te molesta que esté aquí?

- Todo lo contrario. Me encanta, Mabel.

Jasper me besa fuerte y mientras tanto sus manos toman mis muslos y los acaricia lentamente. Su lengua se pasea por mi boca y mis manos detallan la piel caliente de sus músculos mientras deslizo aquella camiseta encima de su cabeza y la arrojo al suelo.

- Si me vas a recibir así puedes quedarte todos los días.

No puedo evitar probar su cuello y descender y saborear su pecho mientras que sus músculos se tensan por mis movimientos.

- Cuidado con lo que haces.

Tomo con delicadeza su pene y lo llevo a mi boca

lentamente para lamerlo. Jasper deja caer su espalda contra el sofá, su mano toma mi cabello y lo acaricia suavemente hasta que lo enreda con sus dedos para apretarlo y tomar el control.

- Me matas, Mabel.

Se inclina hacia mis pechos y los besa encima de mi camisa. La tela se moja por su saliva mientras que succiona mi pezón debajo de ella. Su potencia me vuelve loca y hace que muerda mi labio inferior.

Su sonrisa es encantadora y me congela cuando nota cómo me froto ligeramente. Él se queda inmóvil y ve en silencio cómo masajeo mi centro mientras me mira.

Su lengua se hunde y me lame. Cada latigazo provoca un dolor placentero que asciende y recorre todo mi cuerpo.

Nuestras miradas se cruzan y veo una vez más su hermoso miembro rosa erguido. El me besa lleno de desespero y yo abro mis piernas para recibirlo y cuando se hunde en mí siento cómo incrementa el deseo y jadeo. Jasper me toma del pelo, lo jala hacia atrás y me besa con ferocidad. Mis caderas se agitan a su ritmo fuerte y los músculos internos de mi vagina lo reciben y se contraen a medida que me embiste rápidamente.

Yo me desplomo agotada y siento el derrama de su semen caliente encima de mi vientre y luego cae encima de mí. Ambos estamos sudorosos, nuestras respiraciones están agitadas y estamos cansados pero eso no evita que él tome mi mano y la bese y luego entrelace sus dedos.

- Te amo Mabel, cada día me vuelves más dependiente de ti.

- Yo también te amo.

Ambos nos tranquilizamos un poco. Luego nos fuimos a su habitación y continuamos por un largo rato en su cama hasta que nos quedamos dormidos completamente desnudos.

Cuando amanece yo me levanto apresurada y tomo un rápido baño.

- Jasper, despierta.

- Así no deberías levantar a tu novio.

- ¿Y cómo pretendes que te levante?

- Desnuda y con las piernas abiertas.

- Tenemos que ir a la universidad. Tengo examen y tu también.

CAPÍTULO 2

- La verdad no entiendo cómo es que ganas todas esas peleas si estás fuera de forma -exclama Roger burlonamente-. Careces de técnica y estrategia. Es una suerte de que sigas bien.

- No tienes que ser tan duro con él -le dice Gwen mientras le lanza una botella.

- Cállense.

Cuatro días y esto es una pesadilla. Pienso muchas veces en renunciar pero entonces no sería Jasper Brown sino un idiota que se deja derrotar por un viejo gruñón y una niñita.

Al menos Mabel es un estupendo consuelo en estos días.

- Voy a casa -Roger se da la espalda y me deja tirado en el suelo.

Me levanto. Siento mis músculos hechos polvo pero aún puedo moverme.

- Tiene esperanzas en ti -Gwen confiesa-. No lo dice pero conozco a ese viejo y está verdaderamente animado contigo, sólo tenle paciencia. Sé que es algo malhumorado pero una vez que lo conoces bien no es tan malo.

- ¿No es tan malo? Ese tipo parece un anticristo - suelto y le arrebato el agua de sus manos.

- No es para que exageres tanto. Pensé que eras de esos que no se rinden.

- ¿Y quién te dijo que lo he hecho? Estoy aquí a pesar de que Roger me odia y tengo otros compromisos. Estoy apostando todo y es porque Mabel cree en mí y no quiero decepcionarla.

- Ella parece un gran novia.

- La mejor -confieso y de pronto suena mi teléfono.

Me alejo un poco para contestar. En el fondo parece escucharse una de esas extrañas músicas asiáticas y algunas voces susurrando.

- Mi jefe ha decidido una junta de última hora, así que no me pases buscando, Jasper. Salgo tarde y me van a llevar a mi casa.

***

Mis huesos se sienten duros como estructuras de hierro que apenas pueden moverse. Deseo llegar a casa y recostarme pero saber que no encontraré el cuerpo caliente de Mabel disminuye mis ganas de salir temprano.

Tomo mi bolso y parto a un bar que está a un par de calles junto a Gwen y el Topo. La noche pasa y nos vamos animando. Jugamos en la mesa de pool. No le veo lo divertido a golpear una bola con un palo, pero a Gwen parece fascinarle y mientras pasa más la noche ella se vuelve animada de una forma diferente.

De pronto aquella personalidad seductora es relajada y sincera. Por primera vez la siento mucho más real que cuando fue al restaurant a preguntarme si podía entrenar con su padre.

Topo no deja de acosar a las camareras. Su estilo de conquistar chicas es muy desesperado y patético. Suelta babosadas que aleja cualquier posibilidad de coger con una de ellas.

- ¿Qué haces? -pregunta Gwen confundida.

- Intento hablar.

- Creo que necesitas ir a casa.

- Yo quiero el número de esa chica -chilla como niña apuntando a una rubia de pelo corto y llena de tatuajes.

- Como si ella fuera a estar con alguien como tú.

Le ayudo a buscar un taxi. Luego de mucho hablar lo dejamos ir y regresamos al bar.

No me quiero ir tan pronto a mi frío apartamento. Me he acostumbrado demasiado a la presencia de Mabel que ahora ni siquiera puedo imaginar la soledad y el vacío en mi cama.

- ¿Piensas en ella? -Gwen pregunta recogiéndose una coleta alta en el pelo.

Su cuello queda precioso a la vista, delgado, refinado y con un ligero tatuaje de un ave del tamaño de una tachuela cerca de su clavícula.

- ¿Y tú en qué piensas? ¿Cómo es que terminaste un viernes tomando cerveza en un bar de mala muerte con dos perdedores?

- No creo que sean perdedores; digamos que soy de pocos amigos, así que no tenía muchas opciones.

- Eso debe ser triste.

- No tanto. Son un asco en el pool pero les gusta pasarla bien cuando toman. Yo no podía hacer eso con Damián. Siempre se enojaba cuando bebía. Decía que me hacía ver sin clase. Al diablo con la clase. Yo sólo quería ser yo misma sin tener que seguir tantas reglas. Vivir con mi papá supone estar rodeada de muchas de esas pero lo bueno es que me encanta romperlas.

- ¿Y ahora rompes una?

- Varias.

- ¿Podría saber cuáles?

- Bueno, se supone que no debo fraternizar con ustedes. Beber cerveza está prohibido, engorda.

- Al diablo con los estereotipos.

- Eso mismo digo. Además estoy rompiendo otra de mucha reglas.

- ¿Cuál sería esa?

- Besar a un hombre comprometido.

Sus labios me callan. Nos paralizamos al separarnos. Sus ojos se abren tanto como los míos mientras dejamos que nuestros corazones se alivien.

CAPÍTULO 3

Me he levantado a las 2 de la tarde y comí algo recalentado de la nevera y de nuevo me acosté en mi cama mientras dejaba que la resaca me matara pero ni eso podía quitarme lo culpable que me siento por haber besado de esa forma a Gwen.

No ha dejado de llamarme y yo me siento cobarde como para hacerle frente. Luego escucho gritos desde afuera. Me asomo y veo a Mabel con dos sujetos extraños. Cuando llego los encuentro a los tres cantando y Mabel corre hacia mí, me besa brutamente en los labios y acaricia mi cabello melosamente. Puedo oler el alcohol proveniente de su cuerpo. Frunzo mi ceño y estoy a punto de conectarle un golpe a uno de ellos pero ella me detiene.

- Ellos son mis jefes -dice presentándolos-. Gabe y Ryan.

- La íbamos a llevar a casa pero ella prefirió venir aquí.

Me quedo en silencio. Lo fulmino con la mirada mientras intento contenerme. Mabel lo sabe, ella disimula pero sabe que estoy a punto de formar un embrollo sólo que ella está en medio y no va a separarse hasta que ambos estén seguros.

- ¿Sabes qué hora es?

- Quiero que me cargues y me subas por las escaleras y luego me hagas el amor salvajemente.

Una señora que pasa con dos niños nos fulmina con la mirada y apresura a sus hijos para alejarse de nosotros

- Estás borracha -digo mientras intento no gritar. No vale la pena con ella ebria.

- Dime algo que no sepa, tontito.

- Basta, estás borracha.

- No me voy a ir al menos que me prometas que vas a cogerme fuertemente.

- Por dios -exclama mi vecina, la señora Heinch mientras baja.

Mabel está alegre pero de un modo distinto. Ella me empuja hacia la pared y arremete contra mí una lluvia poderosa de besos que me estremecen.

Mi cuerpo la desea. Quiero desnudarla y hacerle el amor en estos momentos pero el saber que no tiene sus cinco sentidos lúcidos me detiene y me freno.

-¿Qué? ¿No te gusto? No me quieres, Jasper. Tú también vas a dejarme ¿cierto?

Se desploma y vomita en mi sucia alfombra.

***

Suspiro y sigo acariciando su espalda. Espero a que todo pase y la dejo en la ducha mientras busco en los cajones la ropa que ha dejado.

- Jasper, ¿estás enojado?

- ¿Por qué lo haría?

- Por llegar ebria. Por hacer el ridículo.

- No estoy enojado, pero sí muy sorprendido. ¿Puedo saber por qué estabas con ellos tomando?

- Me invitaron.

- No me gusta que lo hagas, Mabel. No con ellos y mucho menos si estás sin mí ¿lo entiendes? No sabes el trabajo que hice para contenerme y reventarles sus estúpidas caras de estirados. Todavía intento saber cuál es la razón para que te aparezcas en mi casa toda ebria y con ellos acompañándote; ¿no te das cuentas de que pudieron hacerte daño?

Ella tiene esa expresión que obliga a desprenderme de cualquier momento de razón. Su sonrisa parece poseída y caliente mientras que sus dedos me llaman en silencio.

- N me dejes sola -jadea excitada y aprieta sus delicados pechos desnudos sobre mí.

Luego de hacer el amor la llevo a mi cama. Cae como plomo y se duerme profundamente.

De pronto, escucho el sonido de la puerta. Es Gwen.

- ¿Qué haces aquí?

- Sólo necesitaba a alguien con quien hablar –dijo mostrando unos moretones en los brazos.

- ¿Qué diablos te pasó? ¿Quién te hizo eso para partirle la cara?

- No importa. No quiero hablar de eso. Fue un error venir aquí, Jasper. Lo siento.

- Déjame ponerme los zapatos y una camisa.

Le dejé una nota a Mabel en la cocina y tomé las llaves de mi motocicleta y salí con ella hacia un pequeño lugar.

- ¿Me vas a decir qué pasó? -pregunté impaciente pero tratando de no asustarla.

- Fue mi papá. Estaba fuera de sí; había bebido demasiado y enloqueció cuando llegué tarde a casa.

CAPÍTULO 4

- ¿Llamaste a Mabel? -Dan pregunta cuando me ve llegar al restaurant.

- No. Sigo molesto con ella ¿Qué le pasa?

- Está celosa. Te pasaste toda la tarde con Gwen. Ambos no dejaban de reírse, puede que eso le haya hecho pensar algo más.

- Eso no es verdad; no creo que Mabel se crea esa ridiculez. Gwen es sólo una amiga.

- Una muy sexy -Dan recalca mientras me sirve una soda-. En mi opinión si yo fuera tu novia y te viera con esa chica tan guapa mientras reían y se contaban chistes también me pondría como un grano en el trasero. La verdad no entendí qué fue lo que sucedió

- Es que aún me siento sorprendido. Ella lastimó a Gwen. Es la primera vez que la veo actuar de esa manera.

- ¿Y por qué te importa tanto Gwen? ¿No me digas que te gusta?

- No, sólo es que hay algo en ella. Gwen no es la chica fuerte y alegre que todos ven. Ella está rota como nosotros.

- Te comprendo completamente, pero tienes que decirle a Mabel.

- Ella no lo entendería.

- Vamos, Jasper, es Mabel. Estoy seguro de que sí lo haría, después de todo ella te quiere. Sé que podría entender lo que sucede e incluso ayudar.

- Sabes que no es así, sólo alguien que ha pasado lo mismo puede hacerlo.

Dan cerró la boca y fue a atender a unos clientes.

Odio que su silencio sea acusador. Yo no estoy haciendo nada indebido. Nada más ayudar a una amiga, una que necesita urgentemente ser protegida.

Mi teléfono suena y veo su nombre en la pantalla.

- Hola, ¿podemos hablar? -pregunta un tanto inquieta.

- Bien, dime donde nos vemos.

- ¿Qué te parece ese lugar donde me llevaste?

- Perfecto. Estoy ahí en poco tiempo.

Fui el primero en llegar. Busco el mismo asiento de la última vez y espero por cinco minutos a Gwen. De nuevo viene hacia mí con esa versión apagada y triste.

- Hola -dice ronca mientras toma asiento manteniendo la distancia.

- ¿Estás bien? -pregunto viendo las manchas de delineador alrededor de sus ojeras.

- No lo sé; disculpa si te interrumpí tu tiempo con Mabel. La verdad no quiero que tengas problemas pero necesitaba hablar con alguien urgentemente y no pude evitar llamarte. Es que siento que eres el único que puedes comprenderme.

De pronto estira sus muñecas hacia mí y veo aquellas líneas hinchadas en su piel hechas por algo realmente filoso. Mis ojos se abren por el asombro. Siento rabia, impotencia al ver cómo hay gotas de sangre en su blusa.

Ella empieza a derramar lágrimas en silencio y mi saliva se vuelve espesa. No puedo hacer nada; me quedo inmóvil y ella se acurruca en mi pecho y llora fuertemente. La dejo hacerlo, que drene ese dolor es lo mejor. Yo me quedo escuchando mi propio ritmo de la respiración concentrándome en el verde de las hojas, en el óxido de los columpios con tal de no pensar que quiero matar a Will Jackson en estos momentos.

Cuando Gwen termina de derramar todo el contenido cristalino de sus ojos se tranquiliza. Ella baja su rostro. No se anima a mirarme de frente.

Quiero gritarle a ella también. Deseo decirle lo tonta que es pero no me atrevo, sólo empeoraría las cosas.

- Lo siento; empapé tu camiseta con mis lágrimas.

- No importa.

- A mí sí. Yo no quería hacer esto pero es la única forma que consigo para drenar mi dolor, ¿entiendes?

- No puedo entenderlo, Gwen. Te lastimas. Tú misma te haces daño y no entiendo por qué, tendrías que hacerle daño es a él. Si tan sólo me dejaras…

- Él no puede saberlo. No tiene que enterarse de esto o será peor, Jasper. Ya no quiero empeorar las cosas. Son muchos problemas, ¿entiendes?

- No puedo entenderlo, Gwen. Te lastimas, te quejas y vuelves con él, eso no es sano.

- Es lo único que tengo en este mundo y aunque lo odio sé que tengo que estar con él.

- Diablos, no -cierro mis puños.

Puedo ver el rostro lagañoso de mi madre en el suyo por casi un momento.

- Voy a ir.

- No, por favor. Sólo quería desahogarme con alguien.

Maldición con ella y con Will Jackson. Mi sangre hierve mientras me siento como mi bilis se revienta de la impotencia. Quiero lastimar mucho a alguien pero Gwen no me está dando muchas opciones.

- ¿Qué puedo hacer por ti, entonces? -pregunto dándome por vencido.

- ¿Podría quedarme en tu casa esta noche? Por favor -suplica.

Definitivamente no es una buena idea.

- Creo que…

- Por favor -se acerca tanto que nuestros labios se encontraron.

Sus ojos enrojecidos. Esto no es buena idea. Lo sé. Pero cuando ella me toma el rostro simplemente no puedo negarme.

Me estoy condenando con esto pero no puedo decirle que no. Necesito protegerla pero estoy viendo que me costará un alto precio.

Siento cierto pavor al llevarla a mi departamento. No sé qué explicación puedo darle a Mabel por esto así que rezo para que ella no venga y se entere que Gwen está quedándose.

- ¿Puedo darme una ducha? -pregunta con voz temblorosa.

- Sí, el baño está por allá.

- ¿Tienes algo para poder ponerme?

- Está bien, dame un minuto.

Voy a mi habitación. Estoy tentado de darle algo de Mabel pero me detengo. Simplemente si ella se entera de eso me mataría así que opto por unos short de algodón sencillos grises y una de mis camisetas anchas y sin mangas que había dejado olvidadas hace tiempo ya.

- Espero que tengas hambre porque yo tengo mucha -digo y sirvo una gran porción en el plato.

- Nunca pensé que además de pelear sabrías cocinar.

CAPÍTULO 5

No me había hablado en todo el día y yo tampoco quiero hacerlo. Al menos el trabajo y Cindy me han mantenido con la mente ocupada y alejada completamente de casa. Esta mañana he discutido con mi padre. Él no ha querido salir de nuevo de su habitación. Prefiere refugiarse en la soledad que salir adelante.

La sensación de estar sola es sofocante y dolorosa. Siento frío en todo mi cuerpo que ni el tiempo más caluroso podría arrebatarlo.

La fiesta de los Morgan es de verdad exquisita y muy aburrida. Todo es opulencia y sobriedad. Gente elegante y pretenciosa que habla casi en susurros mientras que una suave música de jazz suena en vivo.

Todos hablan de negocios, casi nadie desea pasarla bien. Ryan me ha presentado muchos posibles clientes. Muchos reconocieron mi apellido y se muestran interesados cuando saben que soy hijas del mismísimo Carl Collins. Después de todo mi apellido tiene algo de fuerza y varios de ellos tienen un profundo respeto por mi padre.

- Odio esto, es aburrido -Gabe soltó medio ebrio- media hora más y nos vamos. Unos amigos dicen que hay una discoteca genial donde podemos beber tranquilamente y divertirnos.

- La verdad no se me apetece, estoy realmente agotada y quiero dormir.

- Bien, hoy te has esforzado al máximo, pequeña. Te mereces un día libre. Haré lo posible para no llamarte. Vete con mi chofer, él te llevará a casa. Oye, de verdad estoy muy contento de que mi padre y el tuyo hayan hablado y te consiguieran las pasantías en mi empresa. Pensé que eras de ese tipo de chicas malcriadas y creídas por tener grandes conexiones pero me equivoqué.

- Gracias, Gabe. Yo agradezco conocerlos a ambos.

Los abrazos, ellos besan mi mejilla una vez más. Siento los flashes en nosotros. Después de todo Ryan y Gabe llamaban demasiado la atención, no sólo son solteros, ricos, su belleza resalta y las mujeres están detrás de ellos.

El chofer me lleva a casa. Las luces están apagadas y hay un gran silencio. La idea de pasar una noche aquí hace que me congele. Me quedo un momento afuera y observo la pequeña construcción decorada con minúsculos ladrillos rojos. Toda ella parece un sueño. Cierro mis ojos y anhelo mi antigua casa y no por su grandeza, simplemente ahí tenía algo de paz.

Me abrazo a mí misma mientras me adentro en casa. Adentro es cálido pero no percibo nada familiar sólo peleas, intrigas, reproches.

Sin hacer el menor ruido me escabullo hacia mi habitación. Cierro la puerta y enciendo la luz. Me quito mis largos tacones y mis pies se relajan cuando tocan el suelo. Me lanzo en el colchón y tomo uno de mis animales de peluches. Me encanta poder abrazarlos, me dan seguridad y confort.

Saco mi teléfono de mi bolso y no veo ninguna llamada perdida de Jasper. Soy una tonta al creer que él me llamaría, estoy segura de que me odia ahora.

Lentamente cierro mis ojos y me dejo llevar por mis párpados pesados. Siento cómo me voy durmiendo hasta que siento un peso a mi espalda. Me muevo disparada hacia fuera pero alguien me sujeta fuertemente por la cintura mientras que el terror invade mi piel y la eriza. Intento luchar pero la voz de Jasper es la que me detiene.

- Mabel, soy yo -susurra y quedo inmóvil. Me lanza una sensual sonrisa y yo le respondo con un golpe con todas mis fuerzas en el pecho que mi impulsa hacia afuera.

- Bien, me lo merezco -suelta derrotado mientras me mira desde el suelo.

- ¿Cómo fue que entraste? -pregunto y le doy un vistazo a la ventana de mi habitación que está cerrada.

- Gertrudis me dejó entrar. Te he estado esperando un buen rato; me encanta cómo te queda ese vestido, ya me imagino arrancándotelo.

Estoy enojada y aún así siento grandes pulsadas en mi vientre cuando me dice esas palabras.

- No quiero verte, hazme el favor y vete.

- Te conozco. Sé que no es así. Tú mientes, Mabel Collins -se levanta y se acerca.

- ¿Qué dices? -estoy jodidamente nerviosa pero lo disimulo lo más que puedo- no seas petulante. No todo tiene que girar a tu alrededor. Ahora vete.

- No me iré hasta que nos hayamos reconciliado y posiblemente tengamos sexo en tu cama.

Retrocedo y me odio a mí misma por encontrarme completamente derretida ante su encanto varonil, aquella odiosa sonrisa y su magnífica presencia que me deja sin aliento.

Jasper puede hacer sonar fascinante y lujurioso la palabra sexo o follar. Me estremezco y tiemblo mientras contengo mi aliento. Estoy en silencio y me siento enojada, molesta conmigo misma por sentirme frágil y rendida a sus pies.

- No me toques -susurro intentado mantener la calma.

- ¿Por qué? -pregunta colocando ambas manos apoyados en contra de la pared conmigo en medio- ¿tienes miedo de que te excite?

- Basta, Jasper -digo volviendo en mí y lo aparto.

- ¿Por qué? ¿Por qué tienes que enojarte conmigo, Mabel? Sabes que odio eso - besa delicadamente mi cuello y siento cómo me inyecta una corriente eléctrica en todo mi cuerpo-. Dejemos eso atrás y…

- No puedo -contesto pero él me derrota cuando aprieta mi pecho.

Presiono mis ojos. No quiero convencerme sólo por unas simples caricias pero Jasper me estremece al tocarme.

- No voy a tener sexo contigo -digo firme-. Es enserio, suéltame.

- No quiero tener sexo contigo, Mabel, esta vez sólo quiero hacerte el amor lentamente -y literalmente voltea mi rostro para besarme con mucha suavidad. Siento sus besos húmedos y profundos, tanto que siento cómo me aspira el alma apenas siento el contacto con mis labios.

Jasper me gira suavemente y soy suya. Me pierdo entre sus besos y sus caricias. De pronto pienso en las ansias que tengo de fundirme en él perdidamente mientras me desabrocho el vestido con prisa.

- Mabel -escucho cómo papá golpea la puerta y siento que estoy perdida.

- Tienes que irte -le digo empujándole.

- Ni se te ocurra. Ya sé esta historia, no me voy a esconder otra vez bajo tu cama -exclama firme.

- Si quieres que te perdone entonces métete dentro de mi closet o haz algo pero él no puede verte aquí ¿lo entiendes?

Jasper reprime sus palabras y se oculta.

- Papá ¿estás bien? -pregunto viendo por primera vez en mi vida lucir una barba descuidada y grandes ojeras.

- No lo estoy, Mabel. Sólo quería hablar contigo,

saber cómo te va, cómo llevas la partida de tu madre.

- No quiero pensar en ella.

CAPÍTULO 6

Cada vez los entrenamientos eran más duro y cuando creía que iba a desplomarme Roger venía y terminaba de matarme como si su misión era separar mi alma de mi cuerpo.

Todos los días iba y me batía a golpeas contra la bolsa de arena o uno de los chicos. Derrick ya había bajado su intensidad conmigo. Topo seguía siendo el mismo mocoso cretino.

Todo parecía marchar bien pero no soportaba la idea de ver a Will Jackson cerca de Gwen o de Mabel. Cada vez que mi novia iba a los entrenamientos se le pegaba como si fuera un pegoste y si no fuera por Dan o el miedo que tiene Gwen de formar un gran escándalo y de que todos se enteren de aquel gran secreto.

Desde que se había ido de mi departamento sin decir nada ella no me había dirigido la palabra. Gwen mantenía la distancia y cada día usaba aquellas cadenas que adornaban sus muñecas y cubrían sus marcas.

Sabía lo que estaba haciendo. Me lo advertía la comezón de sus brazos y el ensañe cuidadoso de sus uñas para calmar el picor.

E intentado varias veces entablar conversación pero ella solo prefiere alejarse y sonreír mientras en el fondo sabíamos que estaba deprimida.

Con apenas dos días para la pelea los nervios estaban a flor de piel. La tensión no solo está en mi cuerpo; mi mente duele porque no tengo cabida para el fracaso, mi misión en ese momento era ganar o irme a casa y no podía irme a casa. No iba a ser un perdedor y desilusionar a todas esas personas que confiaban y creían en mí.

Derrick me da con todo y yo lo derribo. Topo entra y alza mi mano dándome como campeón. Los chicos gritan de emoción pero luego las alabanzas se vuelven silencio apenas las palmas de Will Jackson resuenan por todo el lugar.

- Caramba -suelta sin poder mantener su equilibrio por completo- ese es mi muchacho -y se acerca al ring. Intenta subirse al escenario pero está tan drogado que apenas puedes agarrarse de la barra-. Tú me vas a hacer ganar mucho dinero, muchacho. Lo sé. Sigue así y no la eches a perder el viernes y tendrás un éxito seguro a la fama.

- Deberías descansar, amigo -Roger lo toma cuidadosamente de su brazo.

- Estoy bien, Roger. Sólo quiero felicitar a mi muchacho. Te quiero, Jasper. Eres el hijo que nunca pude tener -su voz se volvió profunda y quebradiza.

- Papá, ven, te llevaré a casa.

- No quiero ir a casa -dijo rechazándola- ¿qué haces aquí, Gwen? Te dije claramente que hoy te necesitaba arriba. No sé qué te pasa últimamente no quieres salir de aquí. Tú tienes un negocio que atender.

- Sí, lo siento -responde bajando la voz- sólo quería…

- No quieres nada. Esto es extraño. Me huele a que te gusta alguien, pero que todo ellos lo sepan, Gwen es mi hija y está prohibida ¿les queda claro -graznó furioso y luego sus pies se enredaron por sí solos y se estampó como una pesada roca contra el suelo.

- ¿Estás bien? -Roger fue a levantarlo-. Topo, Derrick ayúdenme a llevarlo a casa.

A juzgar por la cara de aquellos dos no se sienten muy animados pero más es el respeto por Roger y van a socorrerlo.

Gwen está ahí parada, nadie parece prestar atención o deciden ignorar el hecho de que tiene miedo. Observo sus muñecas, de verdad están muy cubiertas y sin embargo hay rasgos de finas líneas en su carne.

- ¿Estás bien? -pregunté.

Ese cretino que decía ser mi padre llegaba tan drogado que arremetía contra todo. Noche tras noche escuché cómo abusaba de Aurora y luego la humillaba y la molía a golpes y cuando aún no estaba satisfecho con los puños cerrados arremetía toda su furia.

CAPÍTULO 7

- Esa zorra no me gusta para nada -exclamó Cindy acurrucada en el sillón aterciopelado rojo.

- Concuerdo contigo, tengo olfato para eso, no me gusta las de su clase -intervino Aurora-. Mabel, no seas estúpida y no descuides a Jasper. Es mi hijo pero es hombre y son tan primitivos que no pueden frenar sus ansias de copular.

Alzo mi ceja. Aurora usó la palabra primitivos y copular en una misma oración. Definitivamente estaba muy cambiada. Le había asentado bien aquella reclusión en el centro. Ahora estaba más animada y llena de vida y por ende podía echar pestes de Gwen con Cindy

Cuando pensé en visitar a Aurora jamás creí que Cindy iría pero ahí estaba. Mi mejor a miga y mi suegra. Por un par de minutos eran extrañas y ahora... ambas no dejaban de hablar de la mala espina que le daba Gwen y sentirse como si fueran amigas de toda la vida.

Esta era la segunda vez que venía a aquella casa. Todo se sentía vacío pero lleno de recuerdos. Aurora había cambiado algunos muebles y obligó a Jasper a cambiarle el tono a las paredes y por eso lucía un turquesa relajante que Dan pintó de mala gana cuando Jasper le obligó a ir por él.

- Listo, terminé -dijo cayendo al suelo.

- Te faltó la cocina -le ordenó Aurora.

- Pero estoy…

- Ve, niño. Para eso se te paga.

- Nadie me está pagando.

- No es mi culpa que Jasper sea un incumplidor, ve - dijo.

Dan balbuce unas palabras y se aleja lo cual nos da más confianza para hablar.

- Como seguía diciendo. Ella no me gusta y tú deja de ser una tonta. Ponle mano dura a Jasper y no lo dejes solo con esa mujercita.

- ¿Por qué? -pregunto. Hay algo más en sus palabras pero ella simplemente se niega a decir- .Oigan, me están asustando de verdad. Basta. Yo no quiero desconfiar en él.

- Por dios -Cindy golpea su frente- ¿se puede ser más estúpida?

- Ya superó los límites -compartió Aurora y yo me pregunto desde cuándo eran tan unidas.

- Concentrémonos en la pelea de esta noche. No necesito presión sobre Gwen, debemos estar bien y ayudar a Jasper.

- Como quieras -ambas hablaron al mismo tiempo.

Era escalofriante esa sincronización entre ambas.

En casa busco la ropa adecuada para ir a una pelea de boxeo. No sabía cuál era el código de etiqueta pero de verdad quería estar radiante esa noche y que Jasper sólo tuviera ojos para mí.

Me hundo en mi closet. No era tan grande como el que tenía en casa pero aún había ropa hermosa que podía usar por eso luego de dos horas eligiendo y elaborando conjuntos me decido por una falda tipo tubo de color turquesa que resalta mis caderas y mis muslos que aunque habían adelgazado no perdían su forma. De blusa una sencilla camisa de hombros escotados con mangas que caen en los brazos de color blanco y adorno mi cuello desnudo con una hermosa gargantilla. Me sentía sexy sin llamar mucho la atención, mis tacones me hacían lucir alta pero sabía que ni eso me bastaba para alcanzar a Jasper.

Kevin y Cindy me van a buscar a casa. Me despido de mi padre y de Gertrudis y voy directamente hacia la zona de la pelea.

Aquel lugar tenía gente a pesar de que el lugar era privado. Las personas ubicaban lugares definidos y a nosotros nos tocó la primera fila. Mi estómago siente nervios a medida que me acerco. Cuando llego veo a Dan junto con Margaret, Dylon y Aurora.

Aurora me toma inmediatamente del brazo. Ella tiene que acercarse a mi oído para poder hablarme porque el bullicio era torturador.

- Tienes que ir a ver a mi hijo -dice y siento sus manos frías y temblorosas.

- ¿Me dejaran pasar?

- Claro que sí. Ve y habla con el sujeto de los lentes

de sol y sonrisa perturbadora. Sé que te dejara entrar.

Río divertida por esa descripción de Will Jackson pero le hago caso. Me acerco lentamente y con cuidado por los vestidores hay un hombre grande y fornido que me mira con desapruebo cuando me acerco. Intento ser amable pero él enseguida me bloquea la entrada sin preguntar nada.

- Necesito ver a mi novio, él es uno de los peleadores y ...

- Nadie entra -soltó de forma mecánica.

- Pero soy la novia de Jasper.

- Dígale eso a alguien a quien le importe.

- ¿Cómo dice? -pregunté intentando contenerme.

- Vamos, Andrew -Topo le empuja ligeramente- vaya, si eres la sexy novia de Jasper. Ven y pasa -Él me toma de la mano con delicadeza y amabilidad- disculpa a Andrew. No es su culpa, Gwen insistió en ser estricta con la seguridad pero yo iba a buscarte Jasper me envió a encontrarte, es una fortuna que también pensaras en verlo.

-¿Cómo está él?-pregunté nerviosa.

- Aterrado. No lo dice pero está muy asustado. Roger le da una charla. Todo saldrá bien aunque es mucha presión. Será un alivio verte.

Ambos pasamos por un pasillo oscuro hacia una habitación completamente iluminada y llena de lockers y banquetas. En una de ella está Jasper. Su cuerpo está cubierto por una de esas batas negras, su mirada está centrada en ninguna parte hasta que logra verme.

Corro hacia él, Jasper me besa sin esperar que diga algo y luego sus ojos se tallan en mí.

- Diablos, Mabel. Estás hermosa. No sé si podré concentrarme después de lo que veo.

- Lo que faltaba -refunfuñó el señor molesto.

- Vamos, viejo. Es mi novia -él rueda los ojos y el oro chico contiene una risa burlona- ella vino a darme el beso de buena suerte.

Y le doy un beso acompañado de un abrazo. Me aprieto más contra él, quiero sentir su calor, aquel delicioso aroma y de alguna u otra forma tratar de relajarlo. Sus músculos se aflojan a medida que nuestros besos se vuelven un tanto frenéticos hasta que nos detienen.

- Vamos, no es tiempo para esto -regañó el señor.

Cuando me detengo puedo ver ahora a Gwen dentro de la habitación, pero ella está ahí de pie y su mirada parece fulminarme.

Noto ligeramente una mancha tenue ennegrecida debajo de su ojo. Un golpe pero parece que soy la única que lo nota en la habitación. Todos actúan como si no existiera pero ahí estaba, oscura y llamativa que parecía dar señales de auxilio.

- Todo el lugar está lleno -comenta a los chicos ignorándome por completo- papá está hablando con personas importantes allá afuera, patrocinadores. Todo tiene que salir bien -ella se acerca a nosotros.

Los flashes me deslumbran al salir. Las personas gritan, escucho chicas que están ahí con carteles con el nombre de Jasper. Reconozco mucho de esos rostros casi todas son de la universidad y hasta ahora quedo aún más sorprendida por ver la cantidad de fanáticos que tenía Alas de ángel en la ciudad.

Hacia el otro lado corean el nombre de su contrincante. Las personas enloquecen cuando el presentador toma el micrófono y las luces se apagan. Tomo mi asiento, Dan me sonríe y toma mi mano. Ambos estamos nerviosos, siento como hay una molestia en mi vientre. Se supone que debería estar relajada pero por alguna razón me siento inquieta mientras escucho como presentan a ambos.

En una esquina está Box, era un nombre sencillo y raro para esa monstruosa criatura de cráneo rapado y músculos de acero y tribales por todo su cuerpo.

Siento como el pánico me invade.se veía tan fiero y cruel que temí por Jasper. Inconscientemente aprieto la mano de Dan, él se queja pero lo ignoro y no despego mis ojos cuando sale al escenario.

- Y con ustedes en su primera pelea pero ya todos lo conocen, Jasper Alas de Ángel.

En cámara lenta Jasper entró y las chicas explotaron en gritos de euforia así como mi corazón. Verlo se me hacía tan imposible, estaba incrédula y a la vez tan emocionada que no puedo evitar derramar una lágrima tontamente. Jasper saluda a la multitud, incluso se da la espalda y da una muestra de su gran par de alas tatuadas en su espalda y la pelea comienza.

Todo parece fácil al principio, ellos se esquivan pero Box arremete contra el primero y le da justo en la cara. Cierro mis ojos. Soy como una niña pequeña que ve una película de terror, estoy congelada pero siento un alivio cuando en la primera ronda es el que gana.

El anciano, Wil Jackson y la pesada de Gwen son los primeros en ir a por él. Ella le entrega la tolla y no deja de acosarlo en cada momento. Pareciera que lo hiciera adrede cuando se acerca mucho a su rostro mientras finge que está examinándolo. Le pasan una botella de agua y Jasper y el anciano no deja de gritarle. De pronto quiero ir a alejarlos a todos. Mi deseo era de abrazar a Jasper y estar con él.

La campana suena y la segunda ronda no va nada bien para Jasper. Box, el hombre invicto parece recuperado y lo golpea con tal furia que parece que va a romperlo y en un momento de descuido solo lo lanza al suelo y todo ha terminado.

- Jasper -grité intentando ir por él.

Dan me llama y lo ignoro, quiero llegar hacia el pero los de seguridad me detienen.

Gwen me mira con malicia y luego se acerca hacia el para acariciarlo. En estos momentos solo quiero clavarle mis uñas en su hermoso rostro de porcelana. Gruño y antes de que la seguridad me toque Dan está ahí para defenderme.

El me arrastra de nuevo a mi asiento, Cindy no deja de gritarme. Sé que soy una niña pero no podía evitarlo la preocupación y estos celos me estaban destrozando viva.

Para la tercera parte de la pelea los nervios me carcomen. Jasper apenas se sostiene. Su cuerpo sudado tiembla y aún así no deja de golpear a su contrincante. Por un momento Box está bien y al otro se descompensa con un golpe fuerte de Jasper y la pelea se vuelve pareja. La gente grita, ambos tienen pocas fuerzas para seguir de pie. Box es un contrincante duro de pelear, el deja todo en el campo y cuando creemos que va a ganar se desploma con un último izquierdazo de Jasper y enloquezco.

Todos nos levantamos y gritamos. Abrazo a los chicos, tanto ellos como yo están temblando de la emoción mientras que las personas lo aclamaban como el nuevo campeón en su primera carrera profesional.

Margaret y Aurora se abrazan y lloran juntas y todos vamos hacia ellos. De nuevo los guardias intentan detenernos pero Will Jackson va por nosotros y les ordena que nos den el pase.

Quiero correr hacia Jasper y me contengo porque sé que Margaret y su madre desean tenerlo primero. Ellas lo envuelven en una lluvia de besos y abrazos a pesar de que uno de los doctores les pide que le den algo de aire.

- Jasper -gimió Gwen corriendo hacia él- lo lograste, ganaste, todos te aman -y tomó su brazo para recargarlo en su hombro junto a uno de los chicos.

Una punzada de celos me atraviesa. Quiero fulminarla pero ahora se interponían ese mar de gente entre nosotros.

Jasper levanta su rostro y me regala una sonrisa salvaje y aporreada que llega hasta mi corazón.

- ¿No vas a venir a darme un beso? -pregunto y corrí y aunque quería apretarlo contra mí solo me resistí y lo tomé con delicadeza.

- Nunca había tenido tanto miedo en tus peleas.

- Estoy bien, Mabel. No pasa nada, solo tuve lo que tenía que hacer y era ganar. Después de esto nadie va a pararnos y ambos llegaremos lejos, te daré por fin la vida que mereces-susurro y apoye mi rostro en su hombro sudoroso.

- Tonto -intento no chillar- ni que eso importara - exclamé en medio de los flashes relampagueantes.

- Ok -exclama Will Jackson- estoy conmovido por su historia de amor pero tienes que hacer un par de cosas, nena - agarra mi mano y la separa de Jasper- sé que eres su chica pero lo necesito por un rato más. ¿Por qué no van a la recepción que tengo para Jasper en el hotel y nos esperan?

- Bien -me zafo de su agarre. Estoy incómoda y no sé si es por el asco que sentí cuando me agarró o por la cara de pocos amigos de Jasper- nos vemos - lo beso una vez más y me separo de él.

Recibe Una Novela Romántica Gratis

Si quieres recibir una novela romántica gratis por nuestra cuenta, visita:

https://www.librosnovelasromanticas.com/gratis

Registra ahí tu correo electrónico y te la enviaremos cuanto antes.

CAPÍTULO 8

- Es increíble -Cindy dijo encantada por la decoración- ven, Mabel tómame una foto -soltó mientras posaba sola al lado de un enorme arreglo de flores -una selfie- ordenó.

- Ahora no tengo muchas ganas -confesé mientras seguía el número de mi mesa.

- ¿Qué pasa? -preguntó a mi lado- Jasper ganó, está sano, dijo que te quería delante de esa perra ¿qué más quieres?

- No lo sé -suspiré con un malestar en mi cuerpo.

- Sólo relájate, Mabel. Tenemos bebida gratis y todo lo que puedas comer. Sé que están acostumbradas a esto pero lo que soy yo me voy a desatar -dijo divertido.

- Más te vales que te comportes, muchacho - Margaret le advirtió.

- No me reprimas, vieja -le respondió dándole un beso en la mejilla.

Sonrió. Dan estaba completamente loco pero era un amigo incondicional.

Aurora se sienta a mi lado, ella me toma de la mano cariñosamente. Siento su calor de madre y esa perspicacia la caracterizaba. Era una mujer fuerte que había pasado por muchas cosas.

- Deja los nervios, eres suya.

- No estoy nerviosa -observo el centro de mesa extravagante y algo femenino y dramático para un acto como este. Su jarro era largo y cubierto de flores rojas y pequeños diamantes negros y rojos.

- Mi vida casi se me va cuando vi como ese animal golpeaba a mi niño, así que sé lo que sientes. No de la misma forma pero es el mismo dolor. Margaret también lo sintió. Creo que mi hijo es demasiado afortunado, tiene gente que lo apoya y lo ama -ella señaló con la mirada a Kevin que sonreía divertido mientras que dan intentaba coquetear con ella. Margaret cariñosamente arreglaba la corbata de su esposo y aquella imagen de ellos juntos y todos felices me hizo también sentir muy afortunada pues formaban también parte de mí.

Los minutos pasaban y cuando menos lo pensaba hicieron de nuevo todos ellos su gran aparición.

Jasper lucía reamente sexy con su traje negro e impecable. A pesar de tener el rostro hinchado se veía tan guapo que me hizo sentir mariposas en mi estómago. A su lado Gwen seguía dispuesta a hacer un chicle en su zapato. Ella indudablemente lucía hermosa con un vestido de tela transparente que mostraba sus curvas y algo más en todo su cuerpo. Sabía que yo no era la única chica que se revolcaba de envidia y celos en este momento.

Cindy me hizo una seña con sus puños. Ella estaba dispuesta a acompañarme a dale una paliza a Gwen y aunque sabía que esa mujer podía contra ambas se me hizo gracioso verla actuar como si fuera una matona.

Will Jackson se para en la pequeña tarima y todos le aplauden. Él a pesar de haberse retirado tenía una gran fama como boxeador por ello todos lo veían como si fuera un ser inalcanzable y el parecía disfrutarlo

- Damas y caballeros, me complace que todos se hayan reunido aquí esta noche para celebrar el primer triunfo de mi campeón. Jasper Bronw, mejor conocido como alas de Ángel es un hombre que tiene corazón y deja hasta el alma en una pelea. Sin duda alguna su convicción y esas ganas de jamás rendirse fueron lo que llamaron mi atención -la gente lo observa atenta, muchos con admiración. Yo detestaba ese hombre pero reconocía lo bueno que era para dar un discurso.

Cuando terminó le dio el turno a mi Jasper. Él tenía un sexapil sin dudarlo. Ya podía imaginarme a la cantidad de mujeres que tenía en este momento sudando de los nervios.

- Hola -sonríe para todos- gracias por venir a verme. Les agradezco que me apoyen en esta nueva etapa de mi vida -Gwen me encuentra con la mirada y me envía una desafiante, ella alza su rostro y se acerca mucho más a Jasper- de verdad les quiero dar las gracias a todos, a mi familia -y apunta a nuestra mesa, a mis padres, a mis dos madres, a mis amigos por apoyarme, a Dan por estar ahí y a Mabel. Sin ti no sé qué estuviera haciendo ahora, te amo -me arroja un beso que más que celar a las mujeres las enloquece como si fuera suyo.

Intento hablar con él. Pero no era mi momento. Todos estaban ocupados acaparando su atención con el novato y nuevo campeón. Todo se trataba de él y la muchedumbre se arremolinaba como si se encontraran con una estrella de cine.

Jasper después de un rato logra llegar hacia mí y me besa. Me encanta cuando lo hace, intento tener cuidarlo, lo veo frágil por primera vez. Nunca antes nadie se había acercado a derrotarlo como Box. Aquella había sido la pelea más crítica que ha tenido y mi corazón se encoje al saber que lo han lastimado.

- ¿Estás bien? -pregunté acariciando su hinchado ojo derecho- debieron haberte dejado descansar. Estos golpes pueden traerte secuelas.

- No te preocupes, sobreviviré, Mabel. Tengo que hacerlo porque quiero ir a nuestro departamento y hacerte el amor toda la noche.

Y las punzadas no tardan en aparecer en mi vientre y me sonrojo porque hace un par de horas el me había hecho temblar con su lengua.

- ¿Nuestro? -pregunto intentando desviar la conversación. Su mano toma la mía, me encantaba cuando me veía directamente a los ojos porque me hace sentir tan frágil y fuerte a la vez.

- Sí, es nuestro. O al menos es lo que quiero -susurro y mordió mi oreja- sé que no es la verdadera forma, Mabel pero... lo he estado pensando y quiero que vivamos juntos. Deseo formalizar esa relación aunque...

Mi teléfono suena. Intento ignorarlo pero la llamada

parece insistente.

- Es mi jefe -suspiro. No había opción. Tenía que contestarle aunque Jasper me frunza el ceño.

- No, Mabel. Deja que se vaya al diablo.

- No puedo, Jasper -contesto y él me fulmina con los ojos- aló. ¿Qué pasa Gabe?

- ¿Que qué es lo que pasa? -pregunta con una voz depresiva- te diré de una vez que es lo que pasa -rugió con la lengua enredándose con sus palabras.

- ¿Estás borracho? -miro hacia Jasper, la multitud que nos miran mientras finge que no existimos.

- Sí y me importa una mierda lo que digan… yo… voy a lanzarme -soltó y algo dentro de mí se detuvo.

- ¿Qué dice? -pregunte alzando mi voz.

- No vale la pena vivir -me regreso un grito furioso- este mundo está lleno de prejuicios, reglas, rechazo. Yo no acepto el rechazo, siempre he vivido con miedo a él hasta hoy. Hable, me confesé ¿y que obtuve? Me dieron la espalda. Por eso digo, no vale la pena vivir así si no todos van a ser felices, Mabel.

- Oye, un momento, Gabe. Para ¿sí? No hagas nada ¿dime dónde estás?

- En el único lugar donde podía ser yo mismo.

- Vamos, no me ayudas.

- En la oficina, Mabel. Pero no importa. Solo quería despedirme. Al menos de alguien que me admiraba. Porque tú me admiras ¿no?

- Sí, diablos. Voy para allá. Por favor. No hagas nada -cuelgo

Jasper no está nada contento por nuestra conversación. Su rostro está teñido de rojo. No quiero echarlo a perder pero no había más opción.

- Tengo que irme -me disculpé.

- No, no vas a ir con ese lunático.

- Es Gabe.

- Es tu maldito Jefe. ¿Qué tienes con él Mabel? siempre te llama, te absorbe, no deja que te vea porque te llena de trabajo y solo eres una pasante.

- Es complicado. Pero de verdad me tengo que ir, Jasper. Prometo que iré a casa y hablaremos. ¡Por favor!

- Haz lo que quieras.

- Jasper, por favor -supliqué- de verdad yo…

- Iré a saludar a algunas personas -Jasper me dio la espalda.

Quiero ir tras el pero esto era importante. No cargaría la muerte de Gabe en mi conciencia así que corro lo más que puedo y tomo un taxi en medio de la noche y con unos zapatos incomodos y ropa de coctel. Cuando llego el guardia me mira extrañado pero no dice nada y me adentro al ascensor aun con ese dolor en mi pecho. Estaba mal, lo sabía. No tenía que dejar a Jasper solo pero Gabe de verdad me necesitaba.

Corro a toda prisa. Mis pies me matan pero no importa. Cuando llego a la oficina él está ahí. Su semblante era deplorable, descalzo, borracho y con los ojos hinchados me lo encuentro observando el cielo mientras se sentaba a la orilla de la ventana.

- Gabe -pronuncié tiernamente su nombre y me acerqué a él-. ¿Cuánto has estado bebiendo? - pregunte viendo la botella vacía en el suelo y una medio empezar en su mano.

- N lo sé -se encogió de hombros- ¿ves eso? -apunto a los edificios, al frio desolador de las alturas que parecía un agujero negro interminable- se supone que esta es la vista de la gente exitosa, pero te juro que los de abajo son mucho más felices que yo.

- ¿Por qué lo dices? -pregunto y me siento a su lado. Le envío un mensaje a Ryan, necesitaba estar aquí, no yo-. ¿Qué ha pasado?

- Es mi padre -jadeo destrozado- diablos, Mabel. Mi padre es un asombroso multimillonario, mi madre es modelo y yo soy su único heredero. Ellos tienen expectativas sobre mí, quieren que eleve mi apellido a la grandeza y tu eres testigo de que lo he hecho pero para ello no es lo suficiente -tomo un poco de aire y tomo un poco de alcohol y luego me ofreció. No pude resistirme a la idea y lleve el líquido a mi garganta- desean más, quieren un puto heredero y sabes que no puedo dárselo. Tanto `para ellos como mis clientes seria deplorable que Gabe Glascow fuere un mal nacido homosexual. Se supone que los homosexuales no tienen bebes. Sé que podría adoptarlos o alquilar un vientre pero eso no sería la respuesta. Sé que a ellos los decepcionaría y mi grandeza se iría a pique ¿lo entiendes?

- No lo sé -confesé- la verdad a veces tengo miedo, Gabe. No dudo de que o amo pero ahora nuestras vidas toman rumbos completamente diferentes. Y creo que le gusta alguien más, él no lo acepta pero sé que es así y me dolería en el alma que el abriera los ojos y descubriera que esa otra chica fuera especial para él y lo que sentía por mí se esfume.

- Si no fuera gay y estuviera enamorado de Ryan, te juro por dios que te besaría aquí mismo -confeso divertido.

- Me alegra saberlo -Ryan dice integrándose a nosotros- ¿todo bien entonces?-pregunto quitándome la botella para beber de ella- ¿nadie se va a lanzar del último piso?

- Ya no, Ryan. Quería hacerlo pero Mabel lo ha impedido, debería despedirla por eso -suelta bromeando.

- Yo la contrataría de nuevo -dijo Ryan- gracias por no permitir que este idiota se lance al vacío y por hablar y apoyarlo.

- No es nada -confieso- saben, creo que debería regresar con mi novio.

- Está bien, déjame llevarte. Es lo menos que puedo hacer por tratar de impedir que este maniaco hiciera una locura.

- Oigan, estoy aquí -grito Gabe- y soy malditamente gay -sus palabras salieron a todo gañote de su garganta y fueron tragadas por el viento.

- ¿Cómo se siente?

- Bien. De verdad es liberador vivir sin esconderse.

Ya era más de media noche. Llamo a Jasper pero no me contesta. Aún seguía realmente molesto conmigo. Bajo mi rostro, estoy deprimida y me siento culpable al dejarlo solo en su noche de gloria.

Ryan puede verlo, su mano toma con suavidad mi mejilla y la acaricia- no estés triste, él ya se le pasara. Yo que tú le doy una sorpresa cuando llegue a la casa.

- Sí, quizás le guste una especie de cuarteto con tres chicos y una chica -soltó Gabe.

- Tú serías el único que lo disfrutarías -Ryan bromeo- siempre dice cosas como esa cuando está borracho.

Ellos me llevan hacia el departamento. Todo arece callado y frio cuando entro. La luz de las calles ilumina mi camino a dirección de la habitación. Puedo sentirla fría, la sabana está perfectamente tendida y cuando veo la hora son las 3 de la mañana y aun o había llegado.

Me muero por llamar a alguien pero la verdad, tampoco quería preocuparlos. Intento llamar una vez más. Su teléfono ahora repica pero sus llamadas nunca contestan. Le envío varios mensajes, mucho de ellos diciendo que era un idiota y rogaba a que regresara pero jamás respondió y yo solo me quede dormida.

CAPÍTULO 9

Ella se fue y me dejo solo como un idiota en medio esa gente.

Mabel podía ser egoísta cuando en verdad quería y ahora estaba ahí parado como un idiota mientras fijo qu eno pasa nada.

- ¿Está todo bien? -Dan pregunto algo encendido por la bebida- me pareció que estaba discutiendo.

- Se fue porque ese idiota de su jefe le llamo -brame extremadamente furioso- de verdad odio esto, primero el cretino de John y ahora ese tal bufón que la acapara a todas horas. Ya casi no la veo, dan. Juro que todo esto es una porquería. Es como si nunca fuera suficiente para ella y ya me tienen cansado esta situación.

- Tú eres el único que se preocupa por ello. Mabel no es como piensa. Deberías darle algo de crédito. Ella desafió a su familia solo por ti. ¿Qué clase de chica hace eso? Tu no eras nadie cuando te conoció y eso no le impidió enamorarse de ti.

- Sí y ahora que puedo surgir es como si... -aprieto mis puños.

- Vamos, deberías tomar algo me ofrece un vaso diminuto con tequila y lo acepto.

- Ven, disfrutemos de tu triunfo -y lo seguí con los demás.

Quería tomar y no pensar en Mabel. Deseaba en este momento que le fuera malditamente mal y que regresara arrastrándose pidiéndome disculpas. Aquella fantasía donde ella sufría sin poder vivir sin razón me daba algo de esperanzas.

Sé que era un imbécil por querer que ella se obsesionara conmigo, me hacía falta verla todos los días, tocarla y tener sexo cada vez que me urgiera. Yo fuera feliz con Mabel presa y desnuda las 24 horas del día en mi casa y toda dispuesta para mí cada vez que quisiera hacerle el amor.

Las horas pasaban y yo seguía muy animado. Al diablo con las recomendaciones de Roger. Él no estaba ahí para decirme que hacer o no por eso solo bebo como si el mundo estuviera a punto de acabar.

Dan era un estupendo compañero y te hacia reír con sus payasadas y esta noche está decidido conseguir ligar con aquella chica del gimnasio que hoy se viera completamente diferente fuera de esos trajes cómodos y largas franelas.

- ¿Y tu novia? -preguntó Gwen acercándoseme.

- No quiero hablar de eso ahora, Gwen.

- Bueno, solo quería iniciar una conversa contigo - exclamó- pero será mejor que lo dejes así.

Furiosa se da vuelta y se aleja.

Gwen era una gran chica. De verdad que estaba algo loca pero ella era una buena amiga así que la sigo porque no deseo estar más peleado con ella.

Gwen se va hacia los baños de dama y por alguna razón yo entro.

El lugar está solo y huele a desinfectante. Ella me mira algo seria y después me ignora y lava sus manos.

- ¿Puedo saber que quieres? -pregunto mientras sacaba u trozo de papel para secarse.

- Bueno, la verdad solo no quiero que dejemos de ser amigos.

- Tú y yo no podemos ser amigo sabes lo que siento, pero todo lo que haces es pensar en tu novia y mira lo que hace por ti. Se va y te deja en tu noche de gloria. Simplemente no le importas, Jasper y tú babeas por ella y no te das cuenta de que mi amor es totalmente incondicional.

Gwen se detiene frente a mí. Ella huele a deseo con un toque dulce.

Mis ojos se desvían hacia sus senos podía verlos y por algún razón pensé en el color de sus pezones.

- ¿Quieres verlos? -pregunto provocativa y deslizo sus dedos suavemente para mostrarme lo grande y hermoso que era aquella delicada aureola de color vino-tócalos, Jasper -jadeo excitada- ven por mí.

Sus labios tocaron los míos, sabía a prohibido. Probablemente este era el peor de los errores pero al diablo todo y Mabel. Ella prefería estar con su jefe que conmigo. Tomo a Gwen por las caderas, la cargo y ambos nos metemos a uno de esos contenedores dentro de los baños y follamos salvajemente.

- ¿Quieres ir a casa? -pregunto y la seguí aunque en el fondo sabía que todo sería un maldito error.

Cuando despierto veo a Gwen recostada en mi pecho. Estoy en una habitación desconocida, mi boca sabe a rayos y tengo un gran dolor de cabeza.

La rubia se acurruca contra mí y siento como la conciencia me apuñala. No entendí por qué lo había hecho. Aun amaba a Mabel pero desahogue aquella rabia que tenía y por la forma que ella me sonríe cuando despierta sé que está tomado esto con una idea diferente.

- Buenos días -besa mis labios y yo sigo congelado- anoche fue maravilloso.

- Me tengo que ir -deslizo su brazo y voy por mis calzones, ellos están a un lado de la cama y me los pongo mientras siento sus ojos estudiándome.

- ¿No vas a desayunar?-pregunto y se dio vuelta. La sábana se descorrió de ella y reveló su glorioso cuerpo- aquí abajo hay un local que sirve Gofres, los mejores.

- Tengo cosas que hacer -cojo mis pantalones- prometí a mamá pintar su departamento.

- Quizás podamos ir juntos.

- No lo creo. Será mejor que descanses. Es que quiero tener un tiempo con ella a solas.

- Está bien ¿y la verás a ella? -pregunto refiriéndose a Mabel- ¿le hablarás sobre lo nuestro?

- ¿Lo nuestro?

- Porque lo hay ¿no?

- Bueno… es complicado, Gwen. Yo realmente lo siento.

- Te entiendo -soltó secamente.

- ¿En serio? -la observé por un instante. Ella era realmente rara- ¿de verdad no me odias?

- No -se encogió de hombros- me gustas, Jasper pero no puedo obligarte a hacer algo que no quieres y tú no quieres terminar con Mabel así que está bien.

- ¿Seguimos siendo amigos?

- Eso es obvio.

- Diablos, Gwen. De verdad que eres un ángel.

- Igual que tú -sonrió- ahora ve con tu mamá.

- Adiós.

Voy de prisa y ligero. Se sentía extraño pero hablar y ser sincero con Gwen era lo mejor. La quería como una amiga y deseaba protegerla de Will Jackson pero no estaba seguro si podría llegarla amar como lo hacía por Mabel y es que este amor que sentía era mil veces más distintos, parecía único e irrepetible, jamás me imaginé pensar las 24 horas del día por una persona como ella.

Siento pánico al pensar que ella no me había estado esperando. Avanzo y la encuentro enredada en mis sabanas aun con la misma ropa de ayer.

- ¿Qué? -preguntó asustada al escuchar mis pasos. Ella parece alterada pero se relaja cuando me siento a su lado.

- Siento despertarte.

- Y yo dejarte como lo hice sé que no debía hacerlo pero era importante. Gabe tenía un episodio de locura -ella toma mi mano dulcemente. No quiero saber nada sobre Gabe, lo odio pero sentí que debía callarme- sus padres descubrieron que es gay.

- ¿Disculpa? -alcé mi ceja algo confundido.

- Sí, a Gabe le gusta los hombre -dice sonriendo- lo descubrí desde entonces no me han querido dejar en paz. Nos hicimos amigos, él, Ryan y yo. Es por eso que fui a verlo. De verdad quería lanzarse. Sus padres no lo aceptan. Me sentí identificada con él.

- ¿Eres gay? -bromeé un poco.

- N, tonto -sonríe- me revele contra ellos por seguir mi corazón.

Eso fue una patada en el hígado.

Me acuerdo de Gwen y lo que hice. Niego con la cabeza, necesitaba borrar ese recuerdo. Aquel momento no existió nunca. Me inclino a besarla para borrar el sabor de Gwen y resulta fácil porque Mabel era tan exquisita en todas las formas que cualquier resto de esa noche innombrable quedaría suprimida de mis recuerdos.

- Me muero de hambre -se quejó al separarnos.

- Déjame cocinar algo -me alejo- sé que te encantan los panqueques.

- Me muero por uno de ellos. Te adoro, cariño -y se levanta y coge su toalla.

Cuando ella se va al baño a tomar una ducha yo registro en la cocina para buscar algo de harina y huevos. Maldigo porque los últimos días estábamos tan ocupado que nuestra despensa estaba completamente vacía. Dependía de mi ella desayunara y para ser sincero también necesitaba algo en mi estómago.

Rápidamente tomo las llaves de mi moto, llamo a Dan para que me espere en la puerta del restaurant con un desayuno y rápidamente llego lo más rápido que pude.

- Pareces pisoteado -se burla de mí pero él está igual de mal con la ojeras todas esparcidas por su estúpido rostro,

- Mira quién habla. ¿Buena noche?

- La mejor noche-suelta, esa chica es… apoteósica.

- ¿Apo qué?

- No sé qué significa pero eso fue lo que dijo cuando terminamos de tener sexo y me beso -alzo sus cejas- ¿y tú? ¿Te reconciliaste con Mabel?

- Sí -quiero contarle sobre Gwen pero tengo algo de dudas. Después de todo él apreciaba mucho a Mabel.

- ¿Algo que quieras contar?

- Que se me hace tarde -le empujo y tomo la bolsa de papel que huele verdaderamente delicioso- nos vemos más tarde.

Regreso a mi departamento y subo. Mabel está algo molesta cuando me ve llegar. Sus mejillas se inflan como las de una niña pero luego sus ojos brillan al mirar mi bolsa.

- ¿Comida?

- La mejor -le muestro -espérame. Voy por unos platos.

Sirvo los panqueques de Dylon y algo de café recién echo y los dejo en mi mesa pequeña. Mabel me arranca su plato y enloquecida empieza a devorar su desayuno de forma encantadora.

Yo intento hacer lo mismo con el mío pero suena una llamada. El nombre de Gwen aparece en el teléfono. No quiero atender y cuelgo pero ella de nuevo parece marcarme.

- Suena que es urgente -Mabel me dice- puedes contestar.

- No, está bien, quiero tenerte por el resto de día para mí.

Y su sonrisa me satisface.

CAPÍTULO 10

Al despertar enciendo mi teléfono. Mabel había salido temprano a trabajar y hoy era mi día libre. Mi buzón está lleno, la mayoría mensajes de voz de Gwen desesperada.

- Aló, por favor, Jasper. Te necesito. Es urgente -dice con voz llorosa- es papá de nuevo -se cae la llamada.

Siento cómo mi sangre hierve y escucho uno a uno sus mensajes hasta llegar al último.

- Jasper, por favor. Ven. Está furioso. Se enteró lo que paso y está loco y... -un estruendo se escucha y ella grita se cae la llamada.

Intento llamar pero no me contesta. Pruebo de otras maneras pero la única persona que me atiende es Derrick.

- Hola, Jasper ¿ya te enteraste?

- ¿Qué sucedió?

-Will Jackson. Bebió y enloqueció, luego sólo se fue contra Gwen, hermano. Le desfiguró completamente el rostro. Ahora está en el hospital y por alguna razón no deja de preguntar por ti.

- Maldición -suelto y cuelgo.

No tengo tiempo para nada. Me visto y voy hacia ella.

No me toma mucho tiempo dar con Gwen al hospital. Ella está en una habitación sola y con los labios partidos y sus ojos hinchados. Cuando me ve estira los brazos y no puedo negarme.

-¿Qué paso? -pregunto intentando mantener la calma aunque sabía que si lo veía le rompería el alma.

- Él descubrió lo que hicimos. Alguien le envió un video donde estábamos haciéndolo en el baño, luego solo grito mi nombre. Traté de explicarle todo pero se volvió loco así que me escondí.

- ¿Por qué no llamaste a la policía?

- No lo sé, lo único que podía pensar era en ti.

Mi saliva se vuelve espesa y sabe a óxido. Quiero hacerla daño realmente a alguien pero Gwen estaba frente a mí ella había recibido mucho castigo hasta ahora.

- Por favor, Jasper. No me dejes sola -me imploró y me aprisiono con tanta fuerza que no pude resistirme a su suplica.

Por casi tres horas la acompañe en el hospital. En ese tiempo no había nadie que fuera a visitar a Gwen salvo por Roger y Topo. Aquellos dos parecían ser fieles a ella y ambos gruñeron al verme llegar.

- ¿Qué haces aquí?-pregunto Roger molesto.

- Estoy con ella.

- Tú causaste esto -exclamó.

- Yo no fui quien le pego, Roger. Fue tu maldito jefe y

cuando lo encuentre yo…

- ¿Crees que vas a reparar todo el daño que le haces a Gwen? -preguntó cruzándose de brazos- ella es frágil y la lastimas quedándote aquí y le haces pensar que la quieres.

- Cállate.

Aprieto mis puños. No pelearía con él ni con Topo. Ninguno de los dos merecía mi furia. Con Gwen dormida y ellos ahí decido dejarla. Volvería más tarde pero ahora necesitaba pensar en algo exactamente.

Mabel me llama por teléfono. Se le escucha muy contenta esta mañana y con toda esa energía me invita a salir. No estoy para reuniones y algo como eso pero ahora necesitaba más que nunca su compañía.

La voy a buscar a su trabajo y los dos salimos a u pequeño restaurant italiano a unas cuadras de ahí. El lugar era pequeño y tranquilo, nada lujoso. Ella busca asientos cerca de una fuente de agua y llena de flores.

Mabel está entusiasmada y se da cuenta de que mi estado de ánimo no era el mejor.

- ¿Sucede algo? -pregunta mientras leía la carta.

- Nada.

- Pues te ves algo tenso.

- Sólo sigo cansando, nena. Pero nada de qué preocuparse -y de nuevo estaba ahí, como un imbécil mintiéndole cuando tenía que decirle la verdad pero temía que ella pudiera alejarse.

El mesero vine hacia nosotros. Ambos elegimos una autentica pizza italiana y sodas. Cuando nos las trae huele realmente delicioso, tanto que la como y me olvido por un momento de Gwen y me concentro en Mabel. Los dos bromeamos y hablamos de todo un poco. Ella me cuenta cosas sobre su familia, aún sigue sin saber nada de su madre y su padre está cada día encerrado en casa. De verdad quiero ayudarla, alejarla de ese hoyo pero cuando todo el tema ella solo me dice que puede ella sola y me da vergüenza de ver como mi novia es mucho más fuerte que yo.

Su teléfono suelta un pitido. Nuestros ojos van al teléfono. Ya habíamos tenido una discusión sobre ello por eso solo sonrió.

- ¿No hay problemas?

- Para nada.

Ella desliza la pantalla y observa lo que dice. No sé qué será pero por un momento su rostro se distorsiona. Siento una molestia en el estómago como un puño que me fulmina. Sus manos se sostienen contra la mesa y ella me mira de nuevo pero de forma diferente.

- ¿Qué paso? -pregunto pero como respuesta recibo el vaso con soda en mi cabeza.

- Eres un imbécil, Jasper -bramó levantándose- de todas las cosas que pudiste hacerme esta fue la peor- y me enseñó el video de Gwen y yo follando en el baño.

- Hay una explicación -digo desesperado.

- Ahórratelas -grito- no las quiero. Te odio -suelta mientras huye del lugar. Intento perseguirla pero uno de los meseros se atraviesa tratando de cobrarme y lo único que gana es un gran empujón.

A toda prisa corro detrás de ella pero es tarde. Mabel ya está lejos de mí.

CAPÍTULO 11

- ¿Hizo eso? -jadeó Cindy aún incrédula- es un cretino mal nacido ¿cómo se le ocurre hacerte eso?

Chillo de nuevo. Me duelen los ojos de tanto llorar pero necesitaba desahogarme y Cindy era incondicional en eso.

- Sabía que algo estaba mal y no lo escuché, Cindy. Él me engañó con ella.

- Sí, lo hacen como animales desesperados -dijo viendo la pantalla por quinta vez.

- No me ayudas con eso -gimo y apago el teléfono- no quiero saber nada de Jasper. Por lo que me concierne esto terminó.

- ¿Segura?

- Sí –grité- no pudo con la traición.

- Tienes razón. Yo no soportaría que mi Kevin lo hiciera. Primero lo castraría. Te apoyo si quieres hacerlo, Mabel. Conozco un somnífero fuerte se lo aplicamos y luego de que duerma lo atamos a una cama, luego le echamos una jarra de agua fría y mientras yo escribo la palara infiel con un cuchillo tu solo le cortas su pene.

La observo por un segundo. Ambas quedamos en silencio. Aquella idea era atractiva y aterradora, solo a Cindy se le ocurrían cosas como esa así que ambas soltamos unas grandes carcajadas.

- Estás loca.

- Pero te hice reír -se defendió- eso es lo que importa, cariño -ella se inclina y besa mi mejilla- me duele dejarte pero sabes que tengo que irme.

- Está bien -exclamo con tristeza- sé que tienes cosas que hacer -y le abrazo- eres la mejor de mis amigas.

- Querrás decir la única –suelta con orgullo- y aún así no podrías encontrar a alguien que me iguale.

La bocina suena desde afuera. El auto de Kevin se aparca frente a mi casa y acompaño a Cindy afuera. Me despido de ella y agito mi mano a la dirección de Kevin luego me adentro a casa.

- ¿Quieres algo de cenar? -pregunta Gertrudis con su tono cariñoso de siempre.

- No tengo hambre.

- Vamos, mi niña. Tienes que comer. Necesitas fuerzas.

- ¿Para qué? -papá preguntó saliendo de su habitación y ambas nos quedamos en silencio- ¿no me van a contar? ¿Hasta para eso soy un inútil?

- Papá, no es así sólo que... no quiero hablar de ellos.

- ¿Es sobre ese imbécil que te quiere alejar de m lado? Dime si han terminado, te juro que haré una fiesta.

- Pues pon música y baila -exclamo molesta y me encierro en mi habitación.

***

Despierto muy temprano, estaba bastante cansada pero quería mantener mi mente ocupada. Quería ir a clases pero Jasper de seguro iría hasta allá o no. La verdad no quería saber de él pero no se había pronunciado en todo el di y eso me rompía mucho más el corazón.

Tomo una larga ducha, lavo mi pelo y me coloco muy cómoda. Esta mañana necesitaba descansar de todos así que tomo un bus que me deje en la ciudad y exploro aquellos sitios que jamás había visitado. Miro mi reflejo entre los paneles de cristal de las tiendas. Estaba hecha un verdadero asco con grandes ojeras y sin maquillaje, tenía una apariencia desaliñada y sin vida.

No puedo evitar pensar que esto era mi culpa pero luego otra parte de mi me decía que no fuera estúpida. Después de todo Jasper era responsable de sus decisiones y si quería tener algo con Gwen que lo hiciera aunque lo lamentaba.

- ¿Estás bien? -preguntó Aurora caminando hacia mí.

Hoy precisamente iba hermosa con su cabello alisado que le llegaba ahora a los hombros y una blusa blanca y pantalones negros ajustados y elegantes.

- Hola, Aurora -sonrío amargamente y ella parece notarlo.

- ¿Qué te hizo ese idiota? -preguntó echa una furia- sabes qué, no me cuentes nada. Mejor vamos a casa. Prepararé unas bebidas y...

- No puedes tomar.

- Tengo limonada -se excusa- vamos a hablar.

Su mano sujeta mi muñeca. No quería ir pero Aurora tenía un algo que reamente te hacía sentir especial. Me gustaba mucho que a pesar de su relación con Jasper ambas fuéramos muy buenas amigas.

Noto como huele a incienso. Ella de inmediato llega y coloca una música de ambiente relajante. Camino hacia el sofá roja y veo una alfombra blanca y felpuda.

- Quiero darle un nuevo vuelco a mi vida y empecé por la casa, luego por mi look -señalo su cabello hermoso- y si tengo suerte un trabajo. Me hicieron una entrevista. Espero que me vaya bien.

- Te darán el trabajo -sonreí- y si no ellos se lo pierden.

- Eso es absolutamente cierto -y fue a la cocina- ¿me vas a contar sobre Jasper?-pregunto sirviendo dos vasos enromes de limonada- ¿tiene que ver con cierto video porno?

- ¿Ya lo sabes? -pregunté fúrica.

- Toda la ciudad lo sabe, cariño. Es sorprendente como videos sexuales son más famosos que los videos educativos o de responsabilidad social y no digo que no me gusta el porno, porque amo el porno pero se viralizan rápidamente, y creo que más que el mío.

- ¿Hiciste un video porno? -pregunté olvidándome de Jasper.

- Sí, fue hace años -sonrió con picardía- claro que no existían teléfonos inteligentes pero te puedo asegurar que en todo el mercado negro se vendió como arroz. Yo tenía 19 años y use peluca rubia, casi nadie me reconocía pero sí sabían que era de aquí pues fue en la parte trasera de un restaurant famoso de la ciudad.

- Vaya -jadeé sorprendida.

- Sí. Pero bueno. No hablamos de mí ¿o sí?

- Aurora -cierro mis ojos- lo que hizo fue imperdonable.

- Sí, es triste que mi hijo haga esas estupideces pero te juro que eso lo heredo de su padre. Él era el sin vergüenza, no yo.

- ¿Te engañaba siempre?

- Mucho. Todo el tiempo. Ese hombre siempre tenía que follarse algo así que fui feliz cuando se fue de casa. Pero te digo, me decepciona que mi Jasper haga eso. Él...bueno, olvídalo. Se supone que defienda a mi bebé pero tu eres mi prioridad. Sé que Jsper nunca va conseguir a alguien tan bella y buena como tú.

- Gracias, Aurora -sonreí- somos mujeres, debemos apoyarnos y cuando vea esa Gwen voy a desmoñar sus extensiones rubias. Supe que esa chica no era nada buena, Mabel puedo olfatearlo. Ella está algo más que enamorada de Jasper y no me gusta.

- Pues que se lo quede -exclamo- mira la hora que es -observo el reloj- será mejor que me vaya.

Me despido de ella y voy al trabajo. Quería poder ocupar mi mente con los disparates de Gabe y Ryan y los números que manejaba a diario. Cuando llegue a la oficina empecé a trabajar duro y a concentrarme en todo lo que me pedían y eso resultaba una buena terapia.

Siempre iba de un lugar para otro. No tome ni un descanso salvo para ir al baño. Organice la agenda de Gabe, les hice un par de citas y asiste con el a dos juntas por el trabajo y al final del día mi cuerpo estaba exprimido.

- Vaya, niña. Descansa -me regaño Gabe-. ¿Qué es lo que tienes?

- Nada.

- Vamos, tienes algo. Estas hiperactiva eso no es normal en ti, sé que tienes algo. Confía en mí. Podemos hablar.

Mis labios están sellados al principio pero de nuevo siento la urgencia de contarle lo que había pasado y así lo hago. Le describo el video y mis sentimientos, como el que caminaba sobre esclavos mientras intentaba alejarme de Jasper. También le hable sobre la inquietud que sentía porque no me había buscado. Demostrándome que no me quería de verdad.

- Todo es confuso.

- Es verdad. Te entiendo. Me sentiría así me lo hicieran pero tienes que tranquilizarte. No tomes ninguna decisión-me aconsejo mientras bajamos al estacionamiento-si algo se es que ese chico te quiere y lo que ustedes tienen no se acaba si de fácil. Creo que te da tu espacio para que no digan cosas que puedan hacer que se arrepientan.

- ¿Sí? -pregunto dirigiéndome a su auto deportivo plateado.

Unas llantas rechinan de pronto y el motor de un auto se queja cuando arranca con potencia. Al principio estoy confundida pero veo que el auto viaja a mi dirección y me petrifico. Gabe me toma fuerte del brazo y me empuja hacia un lado pero él es herido. Su cuerpo cae y da vuelta. El pánico se apodera de mis venas mientras grito por ayuda. Me acerco a él. Tiene sangre por todos lados y yo no dejo de temblar mientras lloro.

Me giro a un lado y veo como ese auto negro se da a la fuga.

CAPÍTULO 12

La policía había atrapado a Will Jackson. Yo quería encontrarle primero y darle su merecido pero no tenía muchas opciones cuando Gwen me tenía prisionero las 24 horas del día presa de miedo de que fuera por ella, pero hoy su rostro se ilumino cuando la policía le dijo que lo habían capturado borracho y desnudo en los vestidores del gimnasio.

Ella se había decidido denunciarlo y pronto empezaría un juicio contra su padre.

Dan me acompaño esta noche estaba solo pero él no me había abandonado. Me entregó un cambio de ropa limpia y trajo la cena y mientras dejo que cuide a Gwen yo voy a cambiarme en uno de los baños.

Me pongo una camiseta fresca y pantalones limpio. Lo mi cara lo as que pueda mientras pienso en Mabel y mi fuerza es escasa, quiero llamarla y rogarle para hablar con ella pero la cosa estaba complicada. Anoche cuando regrese y le dije Gwen lo que paso ella intento suicidarse inmediatamente consumiendo varios somníferos que le robó a una enfermera. Luego tuvieron que hacerle un lavado de estómago y yo seguía aquí cuidándola hasta que se recuperara.

Voy a cenar pero no tengo mucho apetito. Bajo hacia la cafetera pero me topo con Mabel y su ropa ensangrentada. Su rostro estaba pálido, su cuerpo frío y cuando me acerco solo me rechaza

- ¿Qué pasó? -pregunté.

- No quiero hablar contigo -chilló y corrió detrás de una camilla.

Tenía que hacerle caso pero no podía solamente quedarme de brazos cruzados y la seguí. Los doctores recluyeron a la persona a un cuarto y le negaron la permanencia a ella a pesar de sus gritos.

Mabel saca su teléfono y hace un par de llamadas. Está fuera de control. Deseo abrazarla pero no podía empeorar las cosas por eso me quedo sentando en el suelo con ella mirando perdida hacia la nada.

- ¿Me vas a decir qué pasa? -pregunté en un último intento.

- Vete, Jasper. No quiero hablarte, solo quiero que se acabe esta pesadilla.

Aprieto mis puños. Todo esto era mi maldita culpa. Era difícil verla intentar mantenerse en pie sin que yo pudiera hacer nada. Se suponía que tenía que ser su base, su roca y la aplasté literalmente.

- Puedo ayudar.

- Cierra la boca, Jasper -siseó y sus ojos me atravesaron como dagas- necesito pensar ¿está bien? Allá adentro esta Gabe, muriéndose, no tengo como comunicarme con Ryan o sus familiares y si nadie firma un absurdo permiso va a morir, así que si quieres ayudar entonces aléjate.

Su voz se volvió un eco y mi garganta se cerró como un puño. Ella está de espalda me acerco, quiero realmente tocarla pero me freno. Ya tenía demasiado y no podía solo ser un problema más.

No la molestaría pero no me separaría de ella, de eso estaba completamente claro justo ahora.

Mabel de nuevo intenta hacer una llamada y su rostro se ilumina cuando alguien le contesta.

- ¿Señor Glascow? ¿Es usted? Disculpe que lo llame pero es urgente. Soy Mabel Collins, la hija de Carl y estoy aquí en el hospital y necesito con urgencia que venga. No, es enserio. No es un juego. Alguien intento arrollarlo y ahora está aquí, ha perdido mucha sangre y no e que hacer. Necesitamos permiso de su familiares y aquí esta… -ella se detiene y le grita a la mujer que sale de la habitación- Doctora, por favor. Estoy con el padre de Gabe.

- Esto no funciona así, señorita…

- Por favor. No puede dejar que se muera -grita y le entrega el teléfono.

Ella tiembla ligeramente. La doctora habla con el hombre a través del teléfono y asiente varias veces.

- Está bien, pero es su responsabilidad. Sí. Okey. De inmediato procederemos, señor Glascow -ella sonríe y le entrega el teléfono a Mabel.

- Gracias, señor Glascow. Yo lo mantendré informado, no se preocupe.

Al fin ella se relaja y su cuerpo se desploma en el suelo. Ella recuesta su espalda contra la pared y respira.

Mis dedos rozan los suyos. Anhelo acariciarla justo ahora que cierra suavemente sus ojos e ignora mi presencia y callado solo me acerco para brindarle mi hombro mientras se queda dormida.

Dan llega a nosotros. Parece confundido y se alarma al ver la camiseta ensangrentada de Mabel.

- ¿Qué diablos? -alzó la voz pero le hago una seña para que calle.

- Es su jefe. Lo han atropellado.

- Diablos ¿está muy grave?

- Lo van a operar de emergencia. Me voy a quedar aquí.

- ¿Y Gwen? -me recordó- no deja de preguntar por ti, Jasper. Tuve que venir a buscarte porque te estabas tardando y ella se estaba poniendo rara.

- Maldición -inhalo profundamente.

¿Quería ir donde Gwen? No, no quería pero Mabel no quería estuviera con ella. Las cosas es estaban complicando de forma inusual y me odie por ser tan imbécil y hacer lo que hice. Si hubiese mantenido mi polla dentro de mis pantalones quizás en este momento no me sintiera como una completa mierda como ahora.

- Necesito que me hagas un favor.

- ¿Qué será?

- Llama a Aurora. Dile que venga auxiliarme, es urgente.

- ¿Estás seguro? Creo que se te va a formar una bronca.

- Sinceramente no me importa. No quiero alejarme de Mabel ahora y Gwen está bien no la dejes sola hasta que mamá venga.

- Correcto. ¿Por qué tienes que complicarlo todo?

- Porque soy un idiota.

CAPÍTULO 13

Sus manos me mueven ligeramente y abro mis ojos. Su rostro es tan cerca y ese aroma delicioso de su piel me envuelve. La tentación de besarlos es fuerte pero mi furia por el engaño es más y lo empujo.

- No me toques.

- Sólo...la doctora -señalo a la mujer regordeta de grandes lentes que me sonríe.

- ¿Cómo está él? -pregunto con un nudo en mi estómago.

- Bien, sus signos vitales estables. Todo salió a pedir de boca, muchacha. Tu novio tuvo mucha suerte.

Mi músculos se relajan pero Jasper frunce el ceño cuando la doctora comete esa equivocación. Miro mi reloj, ya eran las 4 de la madrugada y estaba exhausta.

Me giro un segundo a mi derecha y Ryan llega todo descompensando y me abraza. Dejo que me rodee con sus brazos y bese mi cabello, me giro para darle la espalda a Jasper mientras hablo con él.

- ¿Qué diablos paso?

- Fue todo tan rápido estábamos en el estacionamiento. Iba a llevarle a casa pero un lunático se fue contra nosotros a toda velocidad. No comprendí nada hasta que Gabe me empujo y su cuerpo voló por los aires.

- No puedo creerlo -me suelta- hablare con la gente de seguridad. Voy a hacer que busquen en las cámaras, quiero que atrapen a ese tipo, Mabel. ¿Cómo estás tú?

- Algo cansada, pero bien. La doctora me dice que está estable.

- Y pueden verlo cuando despierte –soltó- bueno, tengo otros pacientes pero vuelvo luego.

- Fue una bendición que estuvieran juntos y al menos tu no estas lastimada.

Su mirada venía hacia mi espalda. Siento un escalofrío, sé que mira con curiosidad a Jasper sin poder evitarlo.

- No haga comentario alguno -susurre pero era demasiado tarde él se apartó y llegó hacia él.

- Tú debes ser Jasper, el novio de nuestra Mabel.

- Creo que sí -respondió inseguro- gracias por acompañarlos y por preocuparte por Gabe.

- Para eso estamos -soltó algo incómodo.

- ¿No tienes nada que hacer? -refunfuñé- Gwen debe necesitar que la acompañes.

- No más que tú -soltó.

- Pues no quiero que estés más aquí. No quiero verte -mentí. La verdad es que deseaba que se quedara. Cuando entre al hospital muerta del pánico el estaba ahí como un ángel protector que venía a cuidarme y de pronto supe que todo estaba bien a pesar de cómo iba la situación.

- No voy a dejarte, sola, Mabel. Si quieres no me hables pero no me apartaré de ti.

Cuando decía cosas como esas y actuaba completamente tierno hacía difícil estar enojada con él.

Cerré la boca y decidí no prestarle atención. Cada contacto me acercaba más a él.

- Muchacha -jadeo de pronto aurora corriendo hacia mí-. ¿Cómo estás? Mírate. Pensé que era na broma pero no pensé e verte aquí. Ayer estabas…

- ¿Ustedes se encontraron? -preguntó Jasper confundido.

- Tú cierra la boca, Jasper. No te doy tu merecido por no tengo fuerzas pero créeme cuando me recupere vamos a tener una charla para que dejes de ser tan estúpido ¿Cómo se te ocurre engañar a mi Mabel con esa loca de Gwen ¿es que eres tonto?

- Basta -intento tranquilizarla pero ella me ignora.

Ryan me mira algo divertido por la escena. Aurora es diminuta y al frente de Jasper parecía aún más pequeña pero no le temía a su tamaño para gritarle.

- Tu mamá es una fiera -soltó divertido Ryan.

- En realidad es mamá de Jasper -corrigió.

- Si es así, entonces ya tienes la vida ganada. No todos se ganan a las suegras.

- Ella ya no es mi suegra -recordé- el me…

- Engañarla con Gwen -gritó ella más duro- y hacer un video porno para que todos lo vean.

- ¿Video?

- No me lo recuerdes ¿podemos ir por algo de tomar? Quiero alejarme de aquí.

- Bien.

Ambos los dejamos en la pelea. Ryan me acompaña a la cafetería y pide algo de beber y dos desayunos. Siento como recupero fuerzas a probar el insípido emparedado sin mayonesa y el muy dulce café. Todo sabia horrible pero tenía mi estómago completamente lleno.

Ryan llama al jefe de seguridad del edificio y pide copia de todos de los videos. Él quiere descubrir a quien trato de hacerle daño a Gabe. Me sentía perturbada, nunca pensé que vería por segunda vez la muerte tan cerca. Pensé que Gabe no resistiría. Estaba grave, su boca escupía sangre mientras trataba de respirar. Mi corazón se acelera lleno de miedo mientras recuerdo.

Mi mente parecía colapsada. Eran tantas cosas que no sabía que procesar. Pero llamo a casa y converso con Gertrudis. Papá seguía igual de reprimido y ella preocupada. Había sido una grosera con el pero no podía evitarlo. El a veces me estresaba de muchas maneras y me había agarrado en un mal momento. Pero tenía que arreglar las cosas con él o no podría estar en paz.

- Creo que voy a casa a tomar una ducha, Ryan.

- No faltaba más, ve, Mabel de verdad ya has hecho mucho por Gabe. Gracias, de verdad. Más que una pasante te has convertido en una gran amiga así que no tienes que pedir permiso o algo así.

- Perfecto. Entonces voy pero regreso. Avísame cualquier cosa.

- Está bien -besa mi mejilla.

Cuando Gertrudis me ve con el cabello pegajoso y mi camisa manchada de sangre se alarma un poco. Corre hacia mí, me encanta su preocupación y como me acaricia la mejilla. Incluso ella me cuidaba mejor que mi madre.

- ¿Estás bien, mi niña?

- Sí, solo algo aporreada -muestro mis moretones y le cuento lo que paso. Ella no deja de persignarse y darle gracias a sus santos cada vez que le contaba algo sobre mi terrible noche- ¿y cómo está papá?

- Desayuno y se encerró de nuevo-suspiro-mi niña, está muy deprimido tengo miedo dejarlo solo, tenía que hacer unas compras pero...

- Ve, Gertrudis. Sal un rato, distráete. No tienes que aferrarte a este caos.

- Lo hago con gusto. Son lo único que tengo.

- Gracias, por soportarnos -y la abrazo-ahora ve. Yo voy a tomar una ducha y a descansar ¿sí? Papá va a estar bien.

- Bueno, solo porque tú te quedas.

Me distraigo en la ducha, dejo que el chorro de agua tibia me masajee suavemente mientras cierro mis ojos. No quiero pensar en Jasper, Gwen, en Gabe y su casi muerte. Intento cantar aunque no funciona mucha pero al menos distrae algo mis sentimientos. Lavo mi cabello, dejo que el sudor y las manchas de sangre caigan y lo froto con mi champo.

Al salir me envuelvo en una toalla. Paso por la habitación de papá. Toco la puerta, su silencio era desolador. Quiero entrar y abrazarlo pero tenía miedo de su rechazo.

- Estoy bien, Gertru -gruñe y respiro llena de alivio.

Voy a mi habitación. Me coloco algo cómodo y seco y peino cuidadosamente su cabello. Me recuesto en mi cama y pienso e nuevo en Jasper y como si el leyera mis pensamientos me manda un mensaje.

JASPER: ¿Sirve algo decir lo siento?

No le respondo y recibo otro de sus mensajes.

JASPER: Aurora me jalo la oreja. Ya aprendí la lección, te extraño, nena. Quiero que me perdones.

Mis ojos se humedecen con las lágrimas.

¿Cómo podría perdonarlo?

Las imágenes de ese video estaban aún frescas en mi mente. Ambos estaban tan extasiados que ni siquiera se habían dado cuenta de que eran filmados. Todo apestaba horrible, de verdad quería solo olvidarme de todo este año y cerrar mis ojos y despertar cuando toda esta crisis hubiese pasado.

No sé en qué momento pero caí profundamente dormida hasta que el olor a quemado me levanto. Escucho como las paredes crujen y el humo se cuela por mi habitación. Corre hacia afuera y la sala está llena de llamas. Retrocedo pero el fuego es furioso y el vapor me quema y me hace retroceder.

- Papá -grito fuertemente. Corro a pesar de que un par de llamas bloquea la puerta de su habitación- papá ¿puedes oírme? -pero me desespero cuando no escucho respuesta y temo por su vida.

Voy hacia mi habitación, bien podría salir por la ventana pero mi padre estaba primero. Tomo mi toalla húmeda y la lanzo contra la puerta lo cual ayuda atenuar las llamas. Coloco la mano en la perilla y grito al sentir una enorme punzada de dolor pero no me detiene a empujarla y ver a papá tirado en la habitación inconsciente. Me acerco hacia él, lo muevo con insistencia pero no se mueve. Intento buscar una forma de salir pero no encuentro una. Su teléfono está a un lado y lo tomo. Mi cabeza se bloquea y el único número que puedo recordar es el de Jasper y marco.

- ¿Estás bien? –pregunta sorprendido.

- Jasper. Necesito ayuda estoy atrapada. En mi habitación hay llamas, todo se quema y papá está inconsciente.

- Voy para allá -gritó- sé que es peligroso pero trata de buscar una salida.

Veo el pasillo. Por los dos lados las llamas cubrían

las superficies mientras el fuego crepitaba. Chillo mientras intento mover a mi padre pero él parece no reaccionar. Voy hacia la ventana. El ganchillo esta atorado y maldigo desesperada. Intento pensar en algo pero le humo entra a mis pulmones intensamente y siento como me quita el oxígeno.

Me muevo con gran esfuerzo. Tomo un objeto pesado y le doy contra el vidrio. Mis manos tiemblan por la tensión pero no logro hacer nada más que astillar el cristal y vuelvo a repetir la operación y se desprende en miles de fragmento. Corro hacia papá. Está pesado y hay un golpe en la parte izquierda de su mejilla. Esta sangrentado. Lo levanto como puedo pero no me quedan fuerzas así que lo arrastro y como puedo lo empujo y después solo me desplomo.

CAPÍTULO 14

Gwen exclama una maldición cuando ve que contesto a Mabel. Sus ojos parecen furiosos y de pronto aquel semblante debilucho se vuelve fiero.

- ¿Qué vas a hacer? Solo llama la atención. Es una trampa.

- Cállate, niña -mamá suelta mientras la detiene con sus brazos- Mabel es su novia y él hará lo que sea por ella ¿bien? Así que acostúmbrate. Él no va a estar contigo solo porque se revolcaron una noche.

Después de todo ella era una fiera y no temía enfrentarse con nadie. Corro rápidamente, llamo a los bomberos y luego a Dan. Le pido que me encuentre en casa de ella y a toda marcha me dirijo en motocicleta hacia casa. Mi corazón se estremece mientras fundo el motor. Quiero llegar rápidamente, ruego porque no pase nada pero al ver la cortina de humo saliendo se du casa me encojo. Siento como si algo dentro de mí se despedaza. Pienso en lo peor. Las sirenas no dejan de alarmarme y al llegar veo el cuerpo de Mabel en una camilla y con oxígeno.

Corro hacia ella, un hombre intenta impedirlo y lo golpeo con fuerza.

Dan de pronto sale en mi defensa e interviene cuando los otros vienen sobre mí.

- Es su novio -dice- no le hagan daño.

- ¿Cómo está ella? -me acerco, a su rostro ceniciento y veo su pecho luchar por algo de aire fresco.

- Está bien, solo tuvo un par de quemaduras. La muy dura tuvo fuerza para lanzar a su padre por la ventana. Es una fortuna que llegara rápido. Los arrastre como pude mientras esperaba a los bomberos.

- Mierda, Dan. Me has salvado la vida -exclamé apretando la mano de ella.

- No lo agradezcas. Sabes que haría todo por Mabel después de todo. Pero hay algo -y se detuvo con semblante lóbrego- es el incendio. Los bomberos dicen que fue provocado.

¿Provocado? ¿Quién haría eso?

- No lo sé, pero incluso bloquearon las ventanas y puertas. Fue un intento de asesinato, esas son sus conclusiones.

- ¿Pero quién lo haría?

Uno de los paramédicos nos llama y nos pide para acompañar a Mabel y su padre al hospital. Llamo a mamá, ella no me contesta pero dejo un mensaje y le digo lo que pasó y que voy enseguida a con Mabel.

Cuando llegamos las enfermeras me arrebatan a Mabel y la llevan a una habitación. Yo me siento histérico quiero de verdad golpear a alguien pero solo encuentro personas inocentes en mi camino.

Los minutos pasan y la doctora que atendió a Gabe llego a nosotros, parece asombrada al vernos. Debe ser sumamente raro que yo esté con tres pacientes diferentes, me siento como la peste negra pero no digo nada.

- Ellos están bien. En shock pero no hay cosas graves salvos unas ligeras quemaduras y raspones. Tuvieron suerte de que llegaran rápido.

- Gracias, doctora no sabe cómo me ha devuelto la vida.

- Es mi trabajo.

- Puedo verla.

- Sí, creo que le haría falta.

Dan me da una palmadas de apoyo y voy a la habitación. Veo a Mabel con todos esos aparatos y me impresiono, me congelo pero aun así me siento a su lado y tomo su mano y la beso y grabo cada sensación suave de su piel.

- Me distes un buen susto -exclamo y no sé por qué pero mis ojos están vidriosos- pensé que te perdía de nuevo.

- ¿Mi papá? -pregunta afónica.

- Está bien, hierba mala nunca muere -pero ella hace una mueca a mi chiste- lo siento. Solo quería hacerte sonreír. La verdad estoy asustado, aun no puedo creerlo. No quiero ni imaginarme una vida sin ti.

- Te amo -dice y beso su frente.

Me muero de ganas de abrazarla y acostarme a su lado pero ella tenía que descansar.

- Voy a ver a mamá -y voy por ella.

Mitad de pasillo me encuentro a ese hombre amigo de Mabel. Ryan parece confuso cuando se acerca y bastante alterado.

- ¿Mabel está aquí? -preguntó aturdido- ¿es ella?

- Sí, su casa se incendió. Pero ella y su padre están bien.

- Gracias a dios. Pensé lo peor y aún más después de esto- y me muestra un video en su computadora- ¿sabes quién es? -pregunta mientras veía a un chico pequeño y fornido bajar de un auto.

- Topo -jadeo incrédulo.

- Él fue quien casi mata a Gabe. Nunca antes lo había visto y pensé que quizás pudiera haber sido un ataque para Mabel y más aún cuando escuche de su incidente en la casa.

Aprieto mis puños. Apenas vea a ese mal nacido lo voy a matar. Quiero romperle la cara pero no tengo ni una idea de dónde encontrarlo. Pero Gwen debería saber dónde estaba.

Corro a su habitación. El lugar está vacío, no está ni ella ni mi madre y siento lo peor. Grito como un loco, una de las enfermeras va hacia mí y le advierto o que sucede. Mi pecho late con fuerza. Ahora pienso en mamá, en el peligro que podría estar y la busco donde sea. Reviso cada habitación del maldito hospital pero no logro dar con ella hasta que escucho un grito cerca de las escaleras de escape. Bajo como puedo y cuando llego veo a Gwen forcejeando con mamá, ella tiene un bisturí en sus manos e intenta hacer un cortada.

- Basta, Gwen -grito y sujeto sus muñecas con fuerzas.

Sus ojos se vuelven diabólicos y sus gritos son llenos de dolor y siniestros.

- Voy a matarla -exclamó revolcándose con fuerza.

- Ya basta, no te hagas más daño.

- Voy a terminar el trabajo que Topo no pudo hacer. Asesinaré a Mabel con mis propias manos y los dos seremos libres de amarnos -sus lágrimas empaparon sus mejillas- ya nadie podrá separarnos -exclamó agotada y sin aliento-. Te amo, Jasper. Desde la primera vez que te vi. Yo sé que tenemos que estar juntos.

A los pocos minutos llega un par de enfermeras y la policía. Como pueden la sujetan para sedarla. Siento pena por ella cuando cierra sus ojos, pero al menos luce tranquila y casi no pareciera estar loca.

Mi madre se levanta. Aurora parece desecha pero me abraza agotada.

- ¿Cómo sabias que estábamos aquí?

- Un presentimiento y lo entendí, cuando ese hombre me mostro el video. De pronto todo vino a mi mente, él y Gwen y los accidentes. Intentaron matar a Mabel y eso jamás se los perdonaré. Los quería mamá, eran mis amigos pero ya no más.

EPÍLOGO

Aurora no paraba de hablar y me conto con lujo de detalles todo lo que había sucedido. Topo había estado enamorado de Gwen desde que era un niño y cuando ella lo supo lo manipulo para que hiciera todo lo que ella dijera, incluso hasta golpearla para hacerle creer a todos que su padre era una abusador y no me sorprendería, el tipo era un cretino, un degenerado baboso pero se comprobó que nunca le había pegado a su hija. Topo había hecho todos, desde grabar los videos, casi matar a Gabe y quemar mi casa.

Afortunadamente él le entregó preso de la culpa y confeso todos sus crímenes. Gwen la habían recluido en una clínica psiquiatra y se armó un gran escándalo. Luego de eso, Will Jackson decidió no trabajar con Jasper y así era mejor. Ambos ya no se soportaban. Pero al menos le dio una buena remuneración que le sirvió para comprar una linda casa donde Gertrudis, papá y yo podamos vivir con él a pesar del malestar de mi padre.

Ambos intentaron no hablarse y tratan de ser cordiales aun cuando suenen como falsos. Mi papá no acepta que esté con Jasper y menos vivir bajo el mismo techo, uno que el nos había proporcionado pero al menos le dio un motivo para emprender un nuevo negocio donde afortunadamente Gabe y Ryan querían invertir. Después de todo papa aun conversa a su buena fama de gran empresario y yo le agradecía a esos dos su gran apoyo.

- Aún no puedo creerlo -jadeó Cindy mientras me tomaba de la mano- nos vamos a graduar. Siento que mi corazón se va a salir del pecho.

- Todos lo sentimos -exclamó Dan al otro lado-estoy seguro que a Jasper se le va a crear otro complejo con esto. Ya no será más mi novia es rica y yo soy pobre, ahora es mi novia es graduada y yo no.

- Cállate -digo sonriendo- se lo voy a decir -advierto y sus ojos me ruegan que calle.

Todos nosotros estamos esperando que digan nuestros nombres y cuando llegan al mío siento cómo estalla la alegría y los nervios. Todos esos ojos me observan cuando recibo mi título. Veo a papá sonriendo junto a Gertrudis, Margaret, Dylon y Aurora. No sé cómo pero ellos ya formaban parte de mi familia y me sentí más afortunada que nunca. Intento buscar a Jasper al bajar pero no está en los asientos y de alguna manera me siento algo decepcionada. Incluso temí las palabras de Dan sobre esto. Jasper no me había dicho nada. Las últimas semanas se había mantenido al margen en cuento a mi trabajo y la universidad. Muchas veces insistí a que retomara su último año pero sólo quedó en un quizás.

Bajo por los escalones. La verdad me siento abrumada. Intento no contagiarme de la tristeza pero era tarde hasta que alguien me toma de la mano y lo veo frente a mí luciendo ese atractivo peligroso y sexy aspecto que sólo tenía Jasper.

- ¿Te asustaste? -preguntó sonriendo y se ganó un empujón.

- Eres un imbécil. Me asusté.

- No tanto como yo cuando casi te pierdo -suelta y me lleva lejos del lugar.

- La ceremonia no acaba.

- Me importa un comino. Quiero secuestrarte, Mabel. Vámonos lejos.

- ¿A dónde? -pregunté al llegar a su motocicleta, ella estaba llena de globos flotante y sonreí porque a veces podía ser muy romántico.

- Bueno. No planee nada, sólo quiero ir lejos y estar contigo. ¿Qué te parece?

- Creo que es una buena idea -tomo mi birrete y lo coloco en su cabeza- si te ves realmente sexy -espeté y él colocó sus manos alrededor de la cintura y me llevó hacia él-. Sabes, ahora pienso en hacerte el amor, sólo tú y esa toga sin nada abajo.

- ¿Entonces buscaré satisfacer tus necesidades?

- Sí, mis necesidades sobre ti -jadea en mi boca y me besa- te amo, Mabel Collins y la verdad quiero pasar el resto de mi vida contigo.

- ¿Eso es una petición de matrimonio?

- Más que eso -sonríe y mi corazón late como el primer día-. Es una promesa.

Fin.

Si te ha gustado este libro, por favor déjame un comentario en Amazon ya que eso me ayudará a que lo lean otras personas.

Otros Libros Recomendados de Nuestra Producción:

Contigo Aunque No Deba. Adicción a Primera Vista
Autora: Teresa Castillo Mendoza

Atracción Inesperada
Autora: Teresa Castillo Mendoza

El Secreto Oscuro de la Carta (Intrigas Inesperadas)
Autor: Ariel Omer

Placeres, Pecados y Secretos De Un Amor Tántrico
Autora: Isabel Danon

Una Herejía Contigo. Más Allá De La Lujuria.
Autor: Ariel Omer

Juntos ¿Para Siempre?
Autora: Isabel Danon

Pasiones Peligrosas.
Autora: Isabel Guirado

Mentiras Adictivas. Una Historia Llena De Engaños Ardientes
Autora: Isabel Guirado

Intrigas de Alta Sociedad. Pasiones y Secretos Prohibidos

Autora: Ana Allende

Amor.com Amor en la red desde la distancia
Autor: Ariel Omer

Seducciones Encubiertas.
Autora: Isabel Guirado

Pecados Ardientes.
Autor: Ariel Omer

Viajera En El Deseo. Saga No. 1, 2 y 3
Autora: Ana Allende

Triángulo de Amor Bizarro
Autor: Ariel Omer

Contigo En La Tempestad
Autora: Lorena Cervantes

Inmortales. Génesis. El Origen de los Vampiros. (Libro No. 1)

Metamorfosis. El Legado Secreto de los Vampiros (Inmortales Libro 1)

Metamorfosis. El Legado Secreto de los Vampiros (Inmortales Libro 2)

Metamorfosis. El Legado Secreto de los Vampiros (Inmortales Libro 3)

Reina de la Oscuridad. Una Historia de Romance

Paranormal (Inmortales Libro 1)

Reina de la Oscuridad. Una Historia de Romance Paranormal (Inmortales Libro 2)

Reina de la Oscuridad. Una Historia de Romance Paranormal (Inmortales Libro 3)

Seduciendo al Vampiro. Desafío de Fuego. Una Historia de Romance Paranormal (Inmortales Libro 1)

Seduciendo al Vampiro. Desafío de Fuego. Una Historia de Romance Paranormal (Inmortales Libro 2)

Seduciendo al Vampiro. Desafío de Fuego. Una Historia de Romance Paranormal (Inmortales Libro 3)

Seduciendo al Vampiro (Libro 4).Guerrera de Fuego. El Vasto Precio de la Libertad. Saga Inmortales de Mercedes Franco

Seduciendo al Vampiro (Libro 5).Guerrera de Fuego. El Vasto Precio de la Libertad. Saga Inmortales de Mercedes Franco

Seduciendo al Vampiro (Libro 6).Guerrera de Fuego. El Vasto Precio de la Libertad. Saga Inmortales de Mercedes Franco

Dinastía de las Sombras. La Oscura Corona. Una Historia de Romance Paranormal de Vampiros (Inmortales Libro 1)

Dinastía de las Sombras. Juegos de Poder. Una Historia de Romance Paranormal de Vampiros (Inmortales Libro 2)

Dinastía de las Sombras. Cantos Oscuros. Una Historia de Romance Paranormal de Vampiros (Inmortales Libro 3)

Corona de Fuego. Una Historia de Romance Paranormal de Vampiros (Inmortales Libro 1)

Corona de Fuego. Una Historia de Romance Paranormal de Vampiros (Inmortales Libro 2)

Corona de Fuego. Una Historia de Romance Paranormal de Vampiros (Inmortales Libro 3)

Oscura Dinastia (Libro 1) Fantasía Paranormal de Vampiros. Saga Inmortales de Mercedes Franco

Oscura Dinastia (Libro 2) Fantasía Paranormal de Vampiros. Saga Inmortales de Mercedes Franco

Oscura Dinastia (Libro 3) Fantasía Paranormal de Vampiros. Saga Inmortales de Mercedes Franco

La Furia y El Poder De Las Sombras (Libro 1) Fantasía Paranormal de Vampiros. Saga Inmortales de Mercedes Franco

La Furia y El Poder De Las Sombras (Libro 2) Fantasía Paranormal de Vampiros. Saga Inmortales de Mercedes Franco

La Furia y El Poder De Las Sombras (Libro 3) Fantasía Paranormal de Vampiros. Saga Inmortales de Mercedes Franco

Azul. Un Despertar A La Realidad. Una Novela

romántica de Mercedes Franco Saga No. 1

Azul. Un Despertar A La Realidad. Una Novela romántica de Mercedes Franco Saga No. 2

Azul. Un Despertar A La Realidad. Una Novela romántica de Mercedes Franco Saga No. 3

Azul. La Princesa Rebelde. Una Novela romántica de Mercedes Franco Saga No. 4

Azul. La Princesa Rebelde. Una Novela romántica de Mercedes Franco Saga No. 5

Azul. La Princesa Rebelde. Una Novela romántica de Mercedes Franco Saga No. 6

Secretos Inconfesables. Una pasión tan peligrosa que pocos se atreverían. Saga No. 1, 2 y 3
Autora: Mercedes Franco

Secretos y Sombras de un Amor Intenso. Saga No. 1
Autora: Mercedes Franco

Secretos y Sombras de un Amor Intenso. (La Propuesta) Saga No. 2
Autora: Mercedes Franco

Secretos y Sombras de un Amor Intenso. (Juego Inesperado) Saga No. 3
Autora: Mercedes Franco

Rehén De Un Otoño Intenso.
Autora: Mercedes Franco

Las Intrigas de la Fama
Autora: Mercedes Franco

Gourmet de tu Cuerpo. Pasiones y Secretos Místicos
Autora: Mercedes Franco

Pasiones Prohibidas De Mi Pasado.
Autora: Mercedes Franco

Hasta Pronto Amor. Volveré por ti. Saga No. 1, 2 y 3
Autora: Mercedes Franco

Amor en la Red. Caminos Cruzados. Saga No. 1, 2 y 3
Autora: Mercedes Franco

Oscuro Amor. Tormenta Insospechada. Saga No. 1, 2 y 3
Autora: Mercedes Franco

Recibe Una Novela Romántica Gratis

Si quieres recibir una novela romántica gratis por nuestra cuenta, visita:

https://www.librosnovelasromanticas.com/gratis

Registra ahí tu correo electrónico y te la enviaremos cuanto antes.